# 等 一 切
# 风平浪静

WAITING FOR EVERYTHING
TO CALM DOWN

刘同 著

湖南文艺出版社

/ 清理自身的藤壶 /

风平浪静的海上,海员捞上来一只海龟。

海龟的背上布满了一种寄生动物——藤壶。

这种寄生甲壳类动物一旦依附在宿主身上,便会迅速繁殖,一平方米可以有一千个以上的藤壶。

很多船只的船底一旦被藤壶侵占,油耗会增加百分之四十左右,前行速度也大幅下降。

被藤壶寄生的海龟,行动日渐缓慢,难以追捕食物,难与同类竞争,会在游往大海深处的过程中慢慢死亡。

海员帮海龟把寄生的藤壶一个一个撬开,再将清理干净的海龟放回海里,让它重获新生。

我很喜欢看这样的纪录片。

我突然很能理解为什么大家很喜欢看治愈类的视频了,

那种感觉就好像是自己在污浊中偷喘了一口清新空气。

某天，我突然问了自己一个问题——海龟被藤壶寄生了，能遇见海员帮忙清理，如果我被藤壶寄生了，谁能帮我清理呢？

我下意识地看了一眼自己的身体，但就和海龟一样，自己怎么可能看得到呢？

于是我很认真地开始思考，在我看不见的地方，是不是也布满了藤壶？

那些藤壶又有多少？是怎样的类型？如果真的有，那它们是从何时开始寄居在我身体里的呢？

想起二十出头时，一头扎进社会，埋头就冲，不管不顾，跑起来都带着风。

可为何这些年，自己开始步履缓慢了呢？是胆小了，还是稳重了？

明明什么事都还没做，光是在心里默念了一遍流程，就好像消耗了大半的精力。

有人说随着年纪的增大，身体不行了，心累是正常的。可那么多七八十岁的老年人思维敏捷，谈笑风生，除了身份证上的年纪变了，其他地方都与年轻时没有两样。

恐怕年纪并不是让我们变得沉重的原因，心境才是。

心境究竟是什么？

若打开心壳,有些人的心上干干净净,毫无挂碍。但有些人的心上满布藤壶,有些上面写着"工作不够体面",有些写着"别人过得都比我幸福",有些写着"原生家庭令人痛苦",有些写着"爱情只能门当户对",有些写着"过于在意他人的看法"……这些藤壶个头不一,数量不同,积压在不同人的心上,成了每日的负担。

小时候,一口气可以从起跑线冲到终点,而现在没跑几步就气喘吁吁。一边与浪搏斗,一边奋力将头伸出水面迅速换一口气,忍不住想,干脆直接沉入海底。

情绪低落,精神萎靡,佯装的精气神在跨出家门的那一刻已泄气。

越对抗,越疲乏。越尽力,越虚无。

我心里装了太多的东西,堆积如山,早已分不清哪些是年岁给我带来的珍宝,哪些又是环境给我制造的垃圾。

当我短暂歇息,决定鼓起勇气再出去淋一遭大雨时,突然有只手拍了拍我的肩膀,对我说:"别着急,不如等一切风平浪静。"

我猛然回过头,看见自己,他正笑眯眯。

过于在意外界,被外界时刻拨弄情绪的日子里,我已经很久没有关注过自己。

他接着说:"趁着大风大雨,坐下来清理掉身上寄生的那些藤壶吧,等一切风平浪静,再出发也来得及。"

于是我写下了这些文字,给同一屋檐下的你。

我们就如同背上布满了藤壶的海龟,需要一点点时间去做清理。

最后一页,我和读者们做了一个约定,希望你一页一页翻阅过去,自然会理解这份约定的意义。

本是悠悠心静者,却因纷扰失宁神。
清风悄悄慰行人,岁月从不负虔心。
山川远处传清音,雨打梧桐声独吟。
心静如湖澄清水,迷茫时需心自安。
等一切风平浪静,静坐山间听松风。
心安处,一切皆安。

目　录

## Chapter 1　急风骤雨

人生是一场仓促的逃亡　*3*
那我们就化作一支箭，破风去
　——写给三十岁自己的一封信　*51*

## Chapter 2　晴雨交加

你的旧伤口总会找到新的创可贴　*75*
我活出了他们希望我活出的样子　*89*
我们不会老去，只会失去　*97*
那就把同一句话重复写一百遍　*104*

# Chapter 3　飓风过境

就算不停摇摆，都觉得是爱　*115*

没有一次，浪在赶着上沙滩　*124*

你看那蒲公英，起风了就散了　*131*

这一别，此生再难相见　*136*

糟糕，我又被别人的热情冲昏了头脑　*138*

我不缺热闹，缺的是无人理睬的独处　*142*

如果你要求不多，朋友其实还挺有趣的　*149*


# Chapter 4　雨过天晴

岳麓山的风声、桃子湖的雨声，希望你听到这些之后会想起我　*159*

我最焦虑的时光，是如何度过的　*184*

世界全是因你而起的风景　*187*

我只是想喘口气　*190*

她像个和生活厮杀幸存下来的女侠　*195*

## Chapter 5　清风徐来

你值得世界上一切美好　*203*
为了你，我想拥抱所有人　*206*
他很好，希望我们还能再相见　*208*
他给我浑浊的生活里投了一块明矾　*211*
好的爱都藏在细节里　*214*
突然很想谈恋爱　*217*
我们支离破碎的样子格外明媚　*220*

## Chapter 6　月明星稀

记忆银河里的星星点点　*247*
世界的鼓风机一关，一切就都自然落在地上　*271*
风平浪静后，一起游往大海深处　*282*

Chapter 1

# 急风骤雨

WAITING
FOR
EVERYTHING
TO
CALM
DOWN

我常被骤雨打湿，为晾干衣物苦恼。后来才意识到——在成年人的世界，所谓干透，只是潮湿的心再拧不出一滴水来而已。

后来，我习惯了湿漉漉地活下去，发现偶尔活精彩了，身上会蒸发出一层淡淡的诗意。

如何看待人生里的那些急风骤雨？

或许全身湿透也算是人生最好的洗礼。

## 人生是一场仓促的逃亡

我的人生是一场仓促的逃亡。

这话并不夸张。

我在湖南南部的小城郴州生活了十八年,高考前,我告诉自己如果不拼最后一把,人生会永远被困在这里。

"被困"是个很妙的说法,它意味着我青春期最初的觉醒。虽然我并不清楚自己到底有何本事,但我笃定,如果不自救,这里有一种引力能把我一辈子困在这里。

抱着多考十分就能离家一百公里,多考五十分就能离家五百公里的信念,我大量刷题,毫无怨气。比起后半辈子会一直懊恼为何自己没能抓住高考的机会拯救自己,赌上高三一年的时间是年少的我能做的最正确的决定。

那大概是我人生中第一次想通了就奋不顾身去做的事情。

正因如此,"只要心甘情愿,一切理所当然"成了我此后很长一段时间的座右铭。

说来奇怪,当学习的意义只有"考试"一种的时候,我无论如何也理解不了。可当它的意义变成了"能遇见更多厉害的人""能见到更广阔的世界""我能选择自己的人生"时,学习一下变得容易了起来。

看不进去的能看进去了,没耐心搞懂的也变得有耐心学了,只要能让我逃离这里,好像一切的苦都变得理所当然了。

命运似乎待我不薄。我从家乡考到了省会的大学,大学毕业后进入省电视台,之后选择北漂至今,如我所愿,自己离家乡越来越远。

甚至这一路我遇见了很多人,遇见不喜欢的,我也逃得远远的,把距离拉开。拉不开物理距离的,我就拉开心理距离——埋头工作,让自己晋升快一点,眼界更高一点,不让对方出现在自己的视野。

这一路的逃离,我的出发点只有一个——找到一个让自己生活得更舒服的环境。

可当初为何要选择逃离?这就要先从家乡说起。

## 1 出生就想着逃离

我的家乡郴州,是湖南南部的一座小山城。

这座城市在丘陵之间野蛮生长，一年四季漫天遍野都是绿色。

城市尽是上山下坡的路。少时的我时常站在坡顶向远方的坡底张望，那绵延起伏的道路总让我不自觉陷入怅然。

我怀疑自己本是个心思简单的孩子，是这一城交织起伏的山路在我的心上划出了深浅不一的皱褶。为了熨平这些沟壑，我把自己一整个藏进心里，在里面忙来忙去，看起来就成了心思很重的样子。

"郴"这个字除了本地人，外地多数人不认识。刚去外地念书时，我总要纠正同学，这个字念"chēn"。可就算提醒了，很多人还是记不住，第二次大概率会念成"彬"。

二十世纪七八十年代，大家提到这座山城，都用一句俗语来形容——"马到郴州死，船到郴州止，人到郴州打摆子"，打摆子的意思就是生病打抖拉痢疾，加上粮不够、水不长、环境恶劣，这便成了外界对家乡郴州的第一印象。

我爸是当地卫校附属医院的医生，我妈是同单位的护士，他俩在这里相遇，组建家庭，然后有了我。

那时，为了工作方便，爸妈单位分配的平房就在医院住院楼的对面，中间隔着一条勉强能并行两辆车的路，他们上下班的路程不过十来米。

我妈总担心把病菌带回家里，所以家里常备84消毒液，在一个大澡盆里稀释，再用稀释的水拖地，泡手，洗衣服。

打小起,家里有且只有一种味道——84消毒液的味道。

以至于后来,我在其他场合,只要有保洁员在用84消毒液做清洁,我总是会多看一眼,他们的身上大概也藏着妈妈的影子。

因为爸妈身上全是这种味道,所以我便很少往他俩身上扑,显得不够亲近大概也是这个原因。

因为工作单位离家近,他俩下班总是很晚,刚到家没几分钟又被叫回科室也是常事。

我像是父母工作之余的赠品,只有在他俩极其放松的情况下,他俩才能想得起我。

我爸经常加班做手术,我妈是护士,自然也会一起。一次我妈的同事告诉她:"你赶紧回去看看你儿子,他躺在门口睡着了。"我妈这才想起来我早就放学了,没有家里的钥匙。

她赶紧回家,发现我躺在木门和纱窗门之间呼呼大睡,我妈哭着把我摇醒,紧紧抱住我,又赶紧给我做饭。

她内心偶尔愧疚,就会戏份很足。而我早已习惯了被忽视,所以情绪稳定,她内疚她的,我看她一眼,继续睡我的。

我小时候觉得这样也没什么不好,他们最好工作一直那么忙,这样就不会有人催我学习,做家庭作业。也正因如此,我那时的家庭作业都是第二天一早赶到学校去抄,埋下了成绩不好的祸根。

我爸妈都是努力的人，在单位人缘好，能力强，我完全配不上他们。

这一点也是我慢慢有了自尊心之后才意识到的。

爸妈那个年代的人，没孩子时大家比工作成绩，有了孩子，大家便开始比孩子的成绩。每到这样的环节，我总是很抬不起头。

大家对我的评价十年如一日："你儿子看起来挺聪明的，但为什么就是学啥啥都不行呢？"

"看起来挺聪明"重点不是"挺聪明"，而是"看起来"，说明实际上我应该很蠢。这是一种被包装得很深的嘲讽。

我很好奇，我看起来很聪明吗？我看起来就很笨好吗！

他们不如说："你儿子看起来就不聪明，所以成绩差也很正常。"

这样的话，我爸妈可能也不会对我抱有什么期待。

大家总说我看起来聪明，这种评价给我和爸妈都带来了困扰。

我从小个子就矮，进了高中也才一米五几，戴着八百度的厚玻璃镜片眼镜，又瘦又黑，扔在哪里都不起眼。估计我爸妈也常困惑：为啥他俩的结合会生出一个我这样的孩子？

直到很多年后，我才知道另一个事实——我出生之前，有一个哥哥，早产，很快就夭折了。此后，我妈情绪低落了很久。是我的出生让她又恢复了对未来的希望，所以光是我出生且能长大这件事，就值得她开心一辈子了。

大概是因为这样，我爸妈从不埋怨我笨，毕竟他们对我最大的期待是——活着就很好。

他俩给我报过不少兴趣班，美术、武术、篮球、小提琴、珠算……其他孩子轻易就能抓住其中的诀窍，被筛选出来，被夸赞说很有天资，应该朝这个方向努力。只有我，在任何兴趣班都找不到诀窍，全靠胡乱比画蒙混过关。

每个兴趣班的老师和我妈聊天后，我妈的脸上总有掩饰不住的失落。

我跟在她后头，也失落。

她从不指责我，我知道这是无能为力的意思。

我笨吗？笨是将一个人的未来彻底封死的最好的理由，也是一个人放弃自己的最坦荡的原因。但真正笨的孩子是不会有内疚感的。

可我有内疚感，还超标。

我整天都在思考：为什么我和同龄人相比那么糟糕？为什么我成绩就是不好？为什么我运动就是那么差？为什么我美术、音乐没一个有天赋？为什么我那么矮，长得又那么不端正？为什么我有高度近视？为什么所有的诟病都集中在我一个人身上？

我满脑子疑惑，时常眼神失焦，陷入发呆状态。

旁人便说："他又在发呆了，发什么鬼呆咯，想点正经事情不好吗？"

发呆不是放空，恰恰是在聚精会神地想一件正经事，但需要用极其安静的姿势去悄悄靠近，潜伏在其周围，才有可能等到答案偷偷探头。

因为没有自我，无法靠双腿堂堂正正地站立。我像个不倒翁，被来往的路人推来推去。一会儿东，一会儿西，朝南后又朝北，谁经过都能推我一把，我重心不稳，总是颠三倒四惹人笑话。

小时候我最喜欢的电影是《霹雳贝贝》，里面的贝贝被雷电击了一下，就成了一个厉害的人。

很长一段时间，每当山城被瓢泼大雨笼罩时，我都希望能来一道闪电劈中我。每次出考试成绩时，我都望着窗外的雨，期待有个球形闪电进入教室直接扑向我，电击我，让我成为一个全新的我。雨过天晴后，同学们为彩虹而欢呼，只有我很失落。

中学时，我放学后最喜欢去的地方就是列车来往的天桥上。

我总是站在桥边，看南来北往的列车，希望未来有一辆列车能把我带到别的地方，一个没有人认识我的地方，哪里都行，毕竟在那里我不会过得那么狼狈。

父母对我的失望藏在心里，我对自己的失望写在脸上。

周围的亲朋好友都知道我是一个怎样的孩子。我浑身被打满了标签，这些标签总结起来都是一个意思——干啥啥不行。

就算很多时候我内心挺想试一试，可身上的标签多了，试一试都显得哗众取宠了。

当我鼓起勇气说普通话时，就会被人嘲笑做作。

当我打算跑个一千五百米时，就被人说太阳从西边出来了。

那时那地，想主动做成一件事情是不可能的，总有人能换着花样把我的心火浇灭。

我只能躲在自己的世界里不再挣扎，宁愿被看成一事无成，也不愿再成为他人眼里的跳梁小丑。

我问自己：是真的觉得自己不行吗？恐怕是的。

我又问自己：是真的连尝试的勇气都没有了吗？恐怕也是的。

如果真的放弃了，为什么还非要在自己的答案前加上"恐怕"两个字？

"恐怕"不就意味着我不死心吗？

头枕着书包，躺下来，双手放在胸前，看着一片漆黑夜空，一筹莫展。

心跳随着呼吸变得平缓，眼前的黑也慢慢沉淀在了身体里，天幕上露出了星星。

星星一闪一闪，我听到心里一个很微弱的声音渐渐变强，那个声音说："如果离开这里会怎样？如果离开这些人会怎样？你是不是会更有勇气一点？"

随着成长的挫败感越来越强，高考越来越近，这个问题的音量也愈发大了，后来几乎变得尖厉刺耳——我想换一个环境，去一个没有人认识我、没有人会随时评价我的地方。我可以去做任何事，失败了不用笑着佯装没事，转身就可以自嘲懊恼；成功了也能当场给自己拼命鼓掌，当个"显眼包"也很好。

我以前总惋惜：为什么自己身边没有人？

后来才发现：我身边不需要任何人，只要我能离开这里。

念想不停堆积，终于在高三时成为一支蓄力许久的箭，重重地朝远方射了出去。所有人都说我突然开窍了，没错，有句话如闪电一般击中了我——如果你不趁着高考的机会考出这座小城，你一辈子就只能这样了，不可能再有别的机会。

一夜之间，什么人际关系，什么闲言冷语，统统不重要了，我惊讶于自己对学习的投入，我在意的不再是分数，而是每一个知识点，懂得多一点就能离开这个小城远一点。

高考前，老师对我爸妈说："这小子如果努力一把的话，没准能考上一个大专。"

最终，我考上了省会的师范大学，是一所"211"，周围人都觉得讶异。

爸妈的朋友对我爸妈说："你看，我一直就觉得他是匹黑马，本来就很聪明。"

比起聪明来，我觉得自己是个懂自爱、会自救的人。

## 2 每个逃离的人身后都有一双手的支撑

每个离开家乡的人都由两个自己组成。

在他们离开家乡的那一天，便把过去的自己留下了。异乡的他们又会在新的土地上长出一个全新的自己。

就像我，将十八岁的自己留在了家乡，在外闯荡的我也已经"二十四岁"了。

曾有朋友对我说："真羡慕你，离开家那么久，父母也没有给你压力，任你在外面看世界。"当我第一次听到这句话时，本能地愣住，我似乎从未站在父母的角度思考过这个问题。难道不是因为自己足够坚定，足够坚忍，才能在大城市生存下来的吗？

我也没有想过，如果父母不在背后支持我，从来不抱怨我回家少，我是否能这么多年心安理得地待在大城市。在我三十岁之前的那些年，当一起北漂的伙伴陆续选择回家乡时，我不止一次问过自己到底要不要坚持下去。父母从未对我提出过任何要求，也从未对我进行过任何催促。

他们不问我究竟能挣到多少钱，也没问过我未来的计划，他们问我最多的就是："还行吧？"

我说："还行。"

他们就说："还行就行。"

现在想起来，好像他们从一开始就做好了支持我远行的准备。

大学毕业时，很多同学选择了回家乡，我对我妈说："我不想回郴州工作了，我想留在长沙。"她说："你喜欢就好，反正长沙离家也不远，火车四五个小时就到了，很方便。"

又过了一年，我跟她说："我打算去北京工作，北京很远，有可能我们一年只能见一两次了。"她还是像之前那样对我说："你喜欢就好，不要委屈自己就行，你回不来湖南，那我们就去北京看你。"

事实上，他们从未提出来北京看我，他们知道我和几个朋友挤在一间小房子里，他们知道我买了一张二手的床垫睡在地上，他们知道我所任职公司的领导对我还不错，知道我每天的生活只有两点一线——公司和家里，也知道我每天都会加很长时间的班，他们对我唯一的交代就是：注意身体。

边回忆边想，哪位父母不希望能与自己的孩子生活在一起呢？当时逃离家乡只觉得和父母共同生活的十八年太压抑了，却不曾想到，一旦大学毕业选择了漂泊他乡，这辈子与父母相见的次数就开始所剩无几了。

一年长假回两次家，五十年也就只能和父母相见一百次。

我曾以为自己选择北漂是一场胜利的人生逃亡，逐渐才意识到，这是肩膀上，与父母见一次便多落一层的霜啊。

霜落在我的肩上，挂上父母的鬓发，洇透树木的年轮，怎么一转眼，那在车站送我远行的五十未满的父母，忽而就年过七十了呢？

我曾以为自己对人生的每一次选择都快速坚定，富有主见。

可顶着风往前走，光有主见是不够的，还需要背后有足够有力的手推着我往前。那双手来自我妈。

无论是高考后选择读中文系，还是毕业后选择留在长沙，再决定北漂，每个决定的背后都是我妈在我身后死死顶住,让我不必回头。

因为从小成长在医院里,周遭的人理所当然地认为我应该学医,不然我爸那些医书、那些积累无人继承。更何况,同龄人多数都找到了各自的专长,只有我没有任何突出的地方,只是凭着高三的最后一腔热血和好运考到了一个不错的分数,学医是最没有悬念的。

虽然我不知道自己喜欢什么,但我很清楚自己讨厌与医院有关的一切。

半夜家里响起急诊电话铃声,手术台的无影灯能照出一切胆怯,至今闭上眼,我的世界都弥漫着84消毒液的味道。

印象最深刻的是,有一次我半夜惊醒,发现只剩自己一个人在家,于是跑去住院部找爸妈,路上经过有病人家属低声哭泣的太平间,我用力推开住院部的双扇门,看到走廊两边躺满了因为瓦斯爆炸而重度烧伤的矿工,所有医生、护士口罩帽子白大褂全副武装,人人都只露出双眼在为伤者抹烧伤膏。我在惊恐中一步一步往前挪,终于看见一双熟悉的眼睛,便走过去蹲在她的身边,一声不吭。

我妈看我一眼,瞬间就哭了。

我离她那么近,她都哭了。后来我离开她那么远,她有哭过吗?

我从来没有问过,也不敢问。

我妈是个矛盾的人。

她不敢杀任何家禽,却对医院的急救轻车熟路。

她现在和我爸住的屋子后面有个小院子,草木繁盛,遮住了大部分的阳光,我三番两次让她请人修葺,她也不敢,她说那是我爸种下的草药和苗木,怕修剪之后我爸会发脾气。

但也正是这样的母亲,明知道我爸反对我学除医学之外的任何学科,却带我在最后一天坐火车赶上了中文系的报名。学费不菲,她从贴身的衣物里掏出了厚厚一沓现金,很自然地说:"火车上小偷多得很。"

报完名,我长舒一口气,问她:"我爸那边怎么办?"

她说:"没事,我去说。"

后来我在北京工作了两年,她问:"如果你不打算回来,我想干脆给你交个首付买个小房子,你自己还月供,这样你也能过得稍微有安全感一点?"

我爸不同意,觉得家里所有的积蓄只有那几十万元,都给我了,他们就没法安心养老了。

我爸反对他的,我妈又背着他把钱都给我交了首付。我问她:"我爸那边怎么办?"她还是说:"没事,我去说。"

我在之前的文章里写："二十八岁那年，我硬着头皮跟我妈聊了自己对未来人生所有的规划，这种决定对传统父母来说一定是忤逆的。我妈花了半小时消化完我的想法，依然对我说：'你好，我们就好，你爸那边我去说。'"

小时候，她带着我回江西赣南地区的大吉山钨矿，那是外婆外公家。

乘绿皮火车需要两天一夜，万一外公没有及时收到我们发去的电报，就没有人会在半夜来镇上接我们，我妈只能凌晨在街头随便找一家小旅馆过夜。因为害怕半夜有人撬门而入，她把我哄睡之后，自己背靠着门可以睡一整夜。

平时在家里看起来最柔弱的她，却是家里最敢拿主意的人，也是最敢给大家兜底的人。

我爸平时工作太忙，我和他的关系也在长大中逐渐疏离。

中学的我从未给他争过气，高考后我选择了他不允许学的中文，我们的父子关系降到了冰点。

我曾写我和我爸的关系：

"那时自己的脾气被青春的糙面磨得光滑又锐利，以为所有事物的结果只有'对和错'两个面，所以执拗，不管不顾，对我爸说：'如果你不让我读中文系，我们就断绝父子关系。'

"'断绝父子关系'这句话说起来是那么轻而易举。我没有做过父亲,不知道做父亲要经过怎样的磨砺,也记不清楚父亲对小时候的我投入过多少凝视,我所有的怒气只缘于他想控制我的生活。

"不吃饭,不说话,关在房间里不出来,父亲也如钢铁,决定了就绝对不妥协,哪怕后悔也不会表露。我们其实都是磁石,只是将同性磁极对准目标,无论如何都不会再有交集。"

此后我和我爸长达两年零交流,大学放假回家,即使两个人坐在同一张沙发上,也谁都不说话。

我当着全家人的面拒绝了他的建议,一意孤行选择了另一条路时,他父亲的形象就被一个十八岁的孩子在家人面前砸得粉碎。他一定觉得在我面前失去了威望,无论他再说什么,我都不会往心里去了吧。

他不说话,也许只是不想再被我伤害。

三十岁那年,我参加了一个访谈节目,就在我以为节目要收尾时,主持人突然请出了我的父母。

也就是从那一天,我重新认识了我爸。

起因是主持人问了我爸一个问题:"你觉得当初逼儿子学医是不是一种错误?你觉得自己被误解了吗?委屈吗?"

这个问题让我爸突然哭出来,豆大的泪珠扑簌直落。

那是我人生中第一次看见我爸哭。

我妈一边拍着爸爸的肩膀安慰他，一边解释，其实我爸想让我学医的出发点很简单，因为那时我各方面表现都不尽如人意，他觉得只要我学医，无论我干得好不好，他都能保护我。他只是想给子女一个更有安全感的未来。

但如果我选择读别的专业，去往异乡，万一受了挫败，被人欺负，我爸都不知道该如何保护我。

他担心我中文系毕业那天，他不知道该托谁帮我找一份工作。

他所有的出发点都来自——他该怎么保护我。

而我的所有的出发点都来自——为什么他要管控我的人生。


我妈接着说，我刚到北京头两年，半夜会因为空气过于干燥而流鼻血，我总是凌晨打电话给我爸问如何止血最有效。我爸告诉我方法后，挂了电话就立刻穿上衣服去医院帮我抓药熬药，无论当时是半夜几点。

我也立刻想起来，每次第二天醒来，总会收到爸爸给我发的一条信息："中药给你熬好了，刚寄出去了，真空包装，每天一袋，开水温热睡前喝，连喝两周，看看效果。"

我妈说那是我爸唯一觉得他还能帮助到我的方式，他在尽他的全力保护我。

迄今为止的人生中,我只见我爸哭过两次。

一次是做节目那天,一次是后来他送我奶奶下葬。

一次他是作为爸爸被儿子误解,一次是他作为儿子送妈妈离开。

之后,我把这一段故事写在了散文集《你的孤独,虽败犹荣》中的《趁一切还来得及》一章里,然后把书寄给了他。

我不知道他看了没,也从来没问过他的感受。

但我心里想的是:看!说了不要担心我学中文找不到工作!我还能把你的故事写进书里,这下你总该放心了吧!

多年后,我回到家乡拍摄电视剧,把主角们放学后聚会的地点选在了当年我常看火车经过的天桥上。

站在以前的位置,来往的绿皮列车和十几岁那年仍一模一样,列车飞驰而过的气味也和当年一模一样,我怔怔地看着,仿佛看见自己被这南来北往的列车刮来的风灌满而瞬间长大。

## 3 逃跑时的故乡是浑浊的,回望时的故乡是沉静的

当异乡的你与家乡的你在多年后统一了对某件事情的看法时,这个过程就叫和解。

我把自己理解了爸爸的事情告诉了家乡的自己，他也终于表示能理解了。

三十岁前，我常用"黑云压城"来形容自己的故乡，出发那天发誓再也不回来。

三十岁后，故乡的一切都在我的身体里沉淀，成了一切回忆的重叠，任何的似曾相识都能打开一扇任意门，而门的另一端便是故乡。

当我顶着寒风缓行在冰岛维克的黑沙滩上时，友人惊叹大自然的造物，而我脑海里却浮现出家乡的北湖公园中那个一百八十亩的湖。小时候我就坐在北湖边的铁链护栏上，微风和煦，阳光正好，风慢慢将水面刮出縠皱，雨燕一次又一次点醒一池的沉闷，余波一层接一层轻打湖岸，那是十三岁的少年人生中遇见过的最大的水域。少年想：未来能走到海边吗？大海又会是什么样子呢？味道是像北湖一样略带鱼腥味吗？风是友好的吗？

当我真的走到了火山喷发后的黑沙滩，走到了风琴岩峭壁下时，我瞬间穿越回了北湖的铁链护栏边，是它第一次让我对海有了想象，我也想让它看看我眼前的海。

当我站在海拔四千多米的阿尔卑斯山脉的少女峰上，双眼被白茫茫的大雪晃得无法睁开时，我想到的却是家乡的苏仙岭。登高远望整座小城，目力所及之处的大部分建筑被连绵的山岭雾气所掩没,导游说云开雾散时便能清楚地俯瞰整座城市。那时我想的是:我能等到自己的人生云开雾散的那一天吗?

所以当我站在异国他乡的山峰之上时,我打开任意门走出去,拍了拍家乡苏仙岭上十七岁的自己的肩膀说:"会有那么一天的。"

这些年,无论吃到任何好吃的,我都会拿来和学校门口的那碗夹杂着豆豉、茶油、辣椒味的鱼粉相比较,和家乡大排档的凉拌猪耳丝、干豆角炒肉、干煸大肠比较。朋友总说我这个人上不了台面,我讪讪发笑,确实如此,人的心里一旦挪出了一个位置给故乡,就全然顾不上台面那点事了,不是整天低头看着怀里那点故乡的往事,就是凑近了闻故乡那特有的味道。

所以后来无论去到任何热闹的地方,我的回忆都会回到家乡东风路上的大排档边,重新感受一下人声鼎沸,心想还是家乡比较热闹。

雨是家乡的雨更急,雨声是家乡的雨声更动听。失眠时手机播放的雨声的白噪声,也总感觉不如家乡的雨声更容易令人入眠。

寒风是家乡的风更刺骨,走在家乡的街头巷尾的我,怀揣着多少青春萌动的心事,暗恋无果、交友失败、其貌不扬、前途渺茫，这阵阵寒风入骨戳心，确实是家乡的寒风更伤人。

可也正是这着急的雨，这刺骨的风，这一想起就不堪卒睹的往事，却成了我日后最容易动情的画面。

在我缺乏自信、低头疾行的日子里，家乡的一切都毫无生机，令人沉沉入睡。我曾走在它每一条狭窄的街巷，触碰每一面带有裂痕的墙壁。居民区总是传来无休止的争吵，不及格的成绩单飘落四地，我穿过其中，感觉自己的人生仿佛是一张被店家遗忘的大额账单，自己买不起，商家也不惦记，我就一直站在那里，瑟瑟发抖，左右为难。

在这座城市中，所有人都在过着机械而麻木的生活，觉得彼此的事都无关痛痒。阳光透过楼房的间隙，一缕缕尘埃洒在黄昏的街头。行色匆匆的人，眼神不小心对上也满是冷漠和疏离，似乎每一步都在前往无望之地。夜晚的星光也显得那么苍白无力，投射在城市的屋顶上，如同被悲哀涂抹的铅灰。

我曾写："故乡是一座沉重的枷锁，每个离去的人都带走了一份无法言说的压抑。我们渴望远方，渴望一种更真实的存在，远离故乡给我们施加的荒谬和束缚。然而，离开并不等于遗忘。在远方的我们，总是不经意地在梦里重回故乡的街巷，醒来后觉得怅然，居然开始怀念那座让自己感到孤独的城市。或许，正是这种孤独和无望，让我们在离去时义无反顾，在远方时又无法释怀。"

后来，当我慢慢地有了自己的样子，也敢与对面走来的人对视后，故乡又成了黑暗大海中一片发光的蓝藻。那是一闪一闪的微光，然后慢慢连成了一片，你走过去，那骤亮的光能直接映亮脸庞。

于是我在这微光中看到了很多温暖的人，他们为我做的温暖的事，这些事这些年都去哪儿了呢？我怎么转身就忘了呢？

我想起了方老太。小学时，我的钱只够买两块臭豆腐，是小学门口的方老太帮我把两块臭豆腐切成小碎块，然后淋上满满一碗汤汁，让我的看上去和别人的一样是一大碗。

也想起了高中校门口大排档的张妈。她看我和同学每天凑钱买一份炒粉当夜宵，后来每次给我们又加一大碗米饭混炒，收一样的钱。

鱼粉摊的凤姐，总把男生点的小碗鱼粉换成大碗，不怕他们吃不完，只怕他们上午会饿着，她还总说自己年纪大了记错了碗。

我还想起了高考前和朋友之间的一次对话。

我高二时交到了几个朋友,那大概是我十八岁前最快乐的一段回忆。

虽然大家成绩都不算好,但抱团取暖的感觉却比什么都重要。

好景不长,高二下学期学校组织高考动员会,我们的高中在那时不算太好,所有的人分成了高考班和只拿高中毕业证的班。

那些伙伴突然之间就疏远我了。

我鼓起勇气问过一次,他们说:"你这种要考大学的好学生,和我们是不一样的。"

那种把我硬生生推开的语气,让我觉得原来青春期的友情是那么不牢靠。

他们放学后依然在学校门口的台球摊打台球,骑着摩托车来回转,我看着他们,他们也看着我,然后几个人扭过头有说有笑。他们的友情里不再有我,我也绕道而行,不想因为再遇见而觉得被孤立。

那是一段难熬的时光,于是我更想赶紧结束这一切,离开这个鬼地方。

高考前最后一次晚自习,我从学校出来,远远看见那群朋友还在台球摊。我想了想,决定换条路走。

没想到他们几个骑着摩托车来到了我的面前,我以为自己的态度得罪了他们，他们要揍我。我佯装镇定，问他们要干吗，其中一位朋友说："再过几天不是高考了吗？我们想和你说句话，去年突然不和你玩，是因为我们觉得会拖累你，你确实比我们成绩好，也聪明，你是我们朋友中唯一有机会考上大学的，所以我们不想拖累你。我们是没有机会读大学了，但希望你能考出好的成绩，让我们这群朋友脸上也有面子。好了，不管怎样，等高考完了，我们再一起耍啊。"

他们说完，每个人都过来拥抱了我一下。

我怔怔地听完，就简单说了一个字，"好"。

朋友又问："高考那几天，需不需要我们骑摩托车送你？反正我们很闲。"

我说："不用不用，考完后再一起耍。"

我迅速经过他们，把他们甩在身后，眼泪止不住地掉下来。

初中的好朋友小五，他家是卖豆芽的。

初中后他读了中专，毕业后进了邮政所上班。

他得知我考上了大学，第二天就要走了，前一天晚上骑着自行车来我家楼下，大声喊我的名字，我匆匆下楼看见是他，高兴坏了。

他送给了我一本厚厚的邮册，里面有很多邮票，他说可以多写信，他以后能包了我写信的邮票。

他又从自行车后座拿下一大包豆芽，说那是他家自己吃的，没有泡过药水。

"你真厉害，我真为你感到开心。"最后他说。

几年前，我和高中那群朋友相聚了。

大家都很拘谨，一方面是时间拉开了距离，另一方面是生活的残酷带来了对人生的警惕。

大家很有礼貌地问好，拍拍对方的胳膊，很有节制地喝酒，有的说家里的孩子发烧了不能喝太多。

好的，好的，我们都互相理解。

大家都很沉默，相聚也在沉默里变得难熬，我一杯接一杯把自己喝醉，间歇中听他们说起各自人生的苦，其实能出来相聚就很好。

虽然我知道我们都回不到过去了，但我也知道，我们发生过的那些事还能轻易地带我回到故乡，就够了。

正是"过尽愁人处，烟花是锦城"。

## 4 他乡永远无法成为故乡

迄今为止，我在北京待了二十年。

最初十年，别人问起我对北京的感受，我总说缺乏安全感,好像自己一直在这里出差。

也许是因为我的根扎得还不够深,所以无法接到北京的地气。

后来待在北京的时间越来越长,哪怕身份证上的地址从郴州变成了北京,我依然感觉不到自己属于这里。

也许是我遇见的朋友也都没有把这里当成家,大家只是趁着自己还未老去,把北京当成了见世面的中转站而已。也许是这些年,每年总有几位朋友在朋友圈用一篇文字或寥寥几句,来和所有人道别。

他们写:"北京再见,各位珍重。"

我不知道该如何留言,点个赞已经是最真心的祝福,同时心里想:我会离开吗?

想起二十来岁时,当一起北漂的朋友要离开北京时,我请假或旷班都要去北京西站送别。

再后来,大家临行前吃个饯行宴,就再也不见。

到现在,在朋友圈点个赞当成作别,在这样一个城市,已经算是很有礼节。

在北京,相遇的朋友总是一茬一茬的。

三五年总能和一群朋友好得不得了,是因为那时大家的人生和事业轨迹多有重合。

三五年后，只要一两位脱离轨道，这群朋友突然就散了。

你会在"太空"独自飞行一段，当再次进入固定运行轨道时，又会遇见另一茬朋友。

前段时间，我和一群朋友坐在一起，很是热闹，我突然放空。

一位朋友问我怎么了。

我说："就是感慨，觉得遇见了你们我很开心。"

他说："开心就要表现出来，不要忧心忡忡。"

我接着说："这些年，我遇到过好几次这样的朋友，后来都散了，我刚才在想我们在一起可能还能热闹个两三年，两三年后这群人可能又会散了。"

朋友不说话了，我知道他也懂了。

他也一定是从另一条轨道飞来的卫星，未来还将去往别的轨道。

也正是因此，除工作之外，你在北京无论种什么，都难有收成。

甚至，一块地种久了，也难免会遭遇贫瘠。

前两年，我把更多的时间投入工作中，难有时间写自己内心的东西，而忙碌很久后工作结果又不如我所愿，我便陷入了自我怀疑。

怀疑自己的能力是不是已经到头了，怀疑自己是不是已经没有心气再继续了，怀疑自己是不是不适合现在的工作，怀疑自己再提起笔也难写出真心了。

这种一睁眼就开始的自我怀疑极大地消耗着我对自己的耐心。

先是失眠，接着是耳鸣，然后大量掉发直至多处斑秃，整个人的精气神全垮了。

我找朋友聊天，去看医生，每天自己安慰自己，似乎都没有成效。

我想逃去一个陌生的地方，却无法开口跟公司请假，甚至不知道自己应该到哪里去。

那一刻我问自己：为什么我的人生似乎一直在逃？

逃离家乡，逃离朋友，逃离对手，逃离自己……

虽然我逃跑很有一手，但到了今天，我却发现好像怎么逃也逃不过五指山了。

这五指山对我究竟意味着什么？

于是那个在异乡成长到"二十四岁"的我提起笔，给留在家乡十八岁的我写了一封信。

是真的写了一封信，我把我的处境一一写在纸上，郑重地写上了家乡的地址，投递了出去。

一周后,我回到家乡,去驿站收信,坐在家里的沙发上拆信,一个字一个字地阅读,窗外是连绵不断的春雨,我枯木般的情绪就在这清新的雨水中重新冒出了一点新绿。

读完信,我提起笔给北京的自己回了一封信。

北京的我写:"三十五岁前的我,无论做什么都好像特别勇敢。可一过了三十五岁,大城市的我,开始变得瞻前顾后,畏畏缩缩,似乎看到的人多了,对世界的了解多了之后,自己就变得胆怯了。一方面害怕失去,另一方面又无法像头些年那样全情投入去做一件事了。到底是因为觉得自己时间不够了,无法在规定时间内得到自己想要的结果,还是因为才华所限,就算时间充裕,也担心无法得到一个好结果?"

家乡的我回:"你要知道,当时你拼了命要出去,不是为了要获得什么,只是为了成为一个不妄自菲薄的人。所以你现在也应该如此,不必在意更多,不必患得患失太多。你离开家乡时,只带了爸爸用过的一只小箱子,而现在呢,我们拥有的足够多了,想想这件事,你不必如此自责。"

北京的我写:"那你知道为什么我现在那么焦虑吗?好像每天醒来都在衡量和计较各种事情,而又没有任何结论。"

家乡的我回:"刚去北京的头十年,你少有不快乐的日子,因为所有的闲暇你都坐在电脑前打字,把一切写成文字。那些负面情绪一旦形成文字,就不再是情绪,而是变成了你的作品。后来当你接触的人多了,事情多了,目标多了之后,你再难有时间写作。郁气堆在胸口无法化去,工作又难有成就感,整个人飘在空中,你的眼里都是人,你忍不住和他们去比较,但比较是偷走幸福的小偷,偷走了你对自己的专注。你所在的北京,大家都很忙,没有人能解答你的疑惑,你也没有写足够多、足够有分量的文字让你沉淀。好在我在这里,家乡的我能为你收线,如果你想回来,随时回来,我带你去充充电。"

于是这两年我回家乡的次数也渐渐多了起来。

家乡的自己也没有食言,他会带我去每一个我们曾待过的地方。

他会带我去火车站吃一碗深夜的鱼粉;会带我坐在路边的大排档踩着一箱啤酒和朋友们划拳;会带我去淋一场雨,去破一阵风,让我卸下身上厚厚的甲,那甲壳笨重,扔在地上哐哐作响。

我很感慨,这副甲当初只是为了让自己不会受伤,却没想到如今却让自己寸步难行。

他说:"你不用怕,你代替我去外面看世界那么多年,无论怎样,你都赢了,再不济,回来就是。"

听完这些的我,很容易就眼窝湿润,告诉自己尽快返回北京继续大杀四方,埋头苦干。

家乡的我对我说了很多话,有一句我会一直记得。

他说:"你的人生,我来为你收线。但在他乡,你的文字为你收线。不要忘记,这是你人生裂缝里透进来的第一缕光。"

## 5 写作是我逃离的方式

每个人都会经历冰封的人生开始化冻的时刻,裂出第一道因暖意而产生的裂缝,此后裂缝愈大,冰层下开始有了汩汩流水,岸边有了冒头绿意,空气中也开始有了凛冽又生机勃勃的气息,那是一个人春天的开始。

我的春天发生在高三的一次摸底测试。

以往一百五十分的语文考试我总在九十分上下徘徊,大小作文共占八十分,我基本只能拿到四十八分。那次考试的作文是《写给爸爸的一封信》,换作以往,我会很正常地写他爱岗敬业,写他加班加点为病人治病,最后升华到自己要成为爸爸那样的人。

那天不知怎的,或许是前一晚我和他发生过争吵?细节已经完全忘记了,只记得在作文里,我写下了对他全部的埋怨,丝毫不在意老师如何看我。

文章开头,我只写了一个字,"爸"。连"亲爱的爸爸"都懒得写。

我讨厌他工作太忙,从来没有时间和我聊天,也不懂我在想什么。

我讨厌每次跟他出去都被他的朋友们批评成绩不好,他也从不护着我。

很多次深夜,他做完手术回来,发现我坐在客厅的椅子上睡着了,电视开着,但电视台已经不放送节目了,全是彩条信号。他就会在他朋友面前模仿我躺在椅子上的样子,说:"电视都没节目了,我儿子还躺在椅子上看着呢,不能说他毫无优点,他的优点就是很爱看电视。"

文章最后我写道:"爸,你知道为什么我总是会在客厅睡着吗?那是因为我写完作业大概九点多,我想等你回来,就看电视,看着看着睡着了,我再醒来时十点多,你还没回来,于是我继续看电视,又睡着了,直到电视台都没有节目了。在你看来,我是一个可以看一晚上电视的小孩,但其实我是为了等爸爸回来聊天,每天晚上看电视会睡着两次的儿子。"

写完那一段，眼泪都滴在试卷上了，我赶紧擦掉，觉得自己好丢人，但交卷之后又感觉到了少有的轻松愉悦。

那次语文测试，满分八十分的作文我拿到了七十八分，总分破天荒上了一百二十分。语文老师拿着我的作文在全班宣读，一开始我觉得家丑怎可外扬，但语文老师念到一半的时候，他在讲台上哽咽了，我偷偷瞄了一眼周围的同学，他们眼眶也都红了。

念罢，语文老师告诉我："写的全是真实情感，你就该这么写，把心里所有的东西掏出来，只有掏出来才能先感动自己，只有感动自己了，才能感动别人。你是有写作天赋的，好好写！"

后来语文老师拿着这篇文章在全年级每个班级轮流念，那些平时和我没啥交集的同学也会跑过来对我说："刘同，王老师念了你的作文，让我们向你学习，你写得很好，你爸也太坏了吧！"

那次之后，我的作文几乎没有再下过七十分，语文也一直稳定在一百二十分之上，直至高考结束。

高中语文老师的名字叫王水如，如果不是他，我或许至今还没找到自己人生的出路。对成绩好的学生来说，一位好老师能让他们少走弯路，朝着自己的目标心无旁骛地前行。但对成绩差的学生来说，好老师的任何一句鼓励都能成为海面上的一根浮木，纵使知道人生艰难，他们也能不怕沉沦，带着一丝底气朝暴晒、风浪、饥寒走去。

因为王老师那句"你是有写作天赋的,好好写",从此写作成了我的避难所。

表面上看,我幼稚且缺乏必要的交际能力。

可回到家拿起笔,整个人就像拿到了地堡的钥匙,打开门走进去,那连连绵绵的房间,深邃不见尽头的过道,无论走向哪里,都是一处安全的歇栖之地。当我用文字填满这些房间,把回忆刷满所有的墙壁时,我的人生开始变得很有底气。

不过我太天真了,写东西这件事谁不会呢?

进入湖南师大中文系没一周,系里举行了一次作文摸底。中文系共七个班,六个普通班,一个基地班,拔得头筹的是我们宿舍的郭青年。那篇名为《青春》的文章被复印,被传阅,在熄灯前被朗诵。我反复阅读那篇文章,每个字我都认识,但句与句之间的停顿,词与词之间的恣意,我怕是十年都学不来。

我拿起自己的文章打算再读一遍,看看差在哪里,读了几句便将文章撕了。

云泥之别,大概就是形容我和郭青年之间文采的差距的。

同学啸东念完郭青年的文章,重重地感慨了一句:"好文章啊，好文章，确实是好文章。写作真的是要有天赋的，像我等，写一辈子都赶不上郭青年了吧。"

啸东说得一点都没错，我心里也是这么想的。

但我读中文系是为了赶上郭青年吗？不是的，我只是为了逃。能跑多快就跑多快，文字能让自己想畅游多远就游多远。

我连自己都顾不上，还顾得上郭青年吗？

我开始很投入地去写文章。

从提笔，到成文，到发表，堪比攀一座冰峰。

大一每天写，写了一整年，没有成功发表一篇文章。

大二每天写，写了大半年，依然没有发表一篇，退稿信倒是收了不少。

转机出现在大二下学期，我写了一篇关于父子情的文章，叫《微妙》，被发表在了省报上。爸爸的同事看到，问他："这个刘同是你儿子吗？"

我爸不敢确定这个刘同是他儿子，但是看完文章后，他能确定那个爸爸是他自己。

于是在我们绝交两年后，他借口在长沙开会，专程来看我。

虽然第一篇发表的文章稿费只有三十元，但我爸倒是给了我五百元。

命运的大门好像也在自己的不懈努力下逐渐敞开了。后来，我不时在各种报纸、杂志上发表文章，大四毕业写求职简历，各种发表物加在一起，厚厚的一沓，超过了一百篇文章。

如果当初硬要和郭青年比，没了心气，放弃了写作，我是断然走不到这一天的。

回望大学的四年，我没有朝拥挤的人群走去，也没有跟随他人去走相同的路径。我在自己的泥泞小道上前行，时常摔倒，灰头土脸，但这一切对我来说根本不是问题，因为我真正开心的是——在这条小道上，荒无人烟，没有人在我周围嘲笑我，给我贴标签，我撒泼打滚、一身狼狈都无人在意。

我在自己租的十平方米的民房里，窗帘一拉，就是一条自己的银河。那密密麻麻的文字是繁星，一篇篇的文章成形后渐渐形成了自己的星团。

眼里有光，手里有笔，心中有银河，是大学四年我送给自己最好的礼物。

这份礼物让入学时自觉矮人一头的我，有了面对更大世界的自信和底气。

我看史铁生老师的《我与地坛》，里面提到写作的目的，他一个朋友说自己写作就是为了母亲，为了让母亲骄傲，朋友自觉这个答案似乎显得粗俗和自私。我问自己写作的目的是什么，答案似乎更自私——我想被人看见，被自己看见。文字让我不用去讨好任何人，也不用讨好自己，在文字里我清醒地看见了完整的自己。

一开始，写作是我用来拯救自己的方式，后来成为区分自己和别人的方式，再后来，写作成了我逃往远方、忤逆世界的勇气。

后来我选择的职业是电视传媒，最大的遗憾是自己制作完成的节目播出之后，也许这辈子再也不会看第二次。所以写作又成了我想为自己留下一些什么而必须做的事。

一晃大学毕业二十年，突然有一天，郭青年在大学同学群说话，他告诉大家他自己拍摄的独立电影要在国外参展。同学问他拍摄的内容，他说是一个中年男子不停地找"小姐"，用来对抗巨大的空虚的故事。他说他以前很喜欢的女孩来找他，他也很开心，但见面之后他发现她不再年轻，他很诧异。他还说了一些什么，我默默关闭了群聊天。

郭青年拿到那次作文大赛第一名之后就再也不写东西了，一直在追求他的目标和理想，具体是什么，他没说清楚，我也没弄懂。我曾为他觉得可惜，也觉得我和他不是一路人。

当时间的回旋镖又击中我们时，我发现其实我和郭青年是一样的，我在用不停逃离的方式寻找自己，他在用说不清道不明的方式对抗生命的虚无。我们都拥有自以为的自由，我也知道在我们的身上都背负着自己看不见的藤壶。

但无论如何，我们都找到了与孤独、与时间和平共处的方式。

## 6 离开是为了回来

我常想，如果我的少年时期不都是那些痛苦的经历，今天的我还会是今天的我吗？

故乡给我带来的，到底是用它的土壤将我死死地压在地底，令我无法喘息，好让我在多年后的某一个春天里发疯地生长？还是许我以更多脆弱，让我在他乡能以此酿出酒，轻易就醉倒在过去，在挣扎中书写成文？

九百多年前，秦观被流放至我的家乡，写下了："郴江幸自绕郴山，为谁流下潇湘去。"郴江明明是绕着郴州的山而流淌，为何又要流去湘江？

马尔克斯的《百年孤独》里写，还是少年的何塞·阿尔卡蒂奥跟着吉普赛人去了远方，多年后归来，成为另一个人，强壮健康，回到家中，就像什么都没有发生过一样。

或许所有离开家的孩子，其实命运里都自带另一颗种子，那是故乡的庇护——让你拥有第二次生命，第二套根系，能让你在陌生的土地上汲取到新的营养。故乡这么做的原因只有一个，希望你多年后，能完完整整地回到家乡，和路边的老乡聊上几句家乡话，能坐在十几年前、几十年前你曾和一群人坐过的大排档，把酒言欢，高声唱和，像所有和解的父子、母女，不再提过往，只顾眼前。那是过一天老一天、过一天少一天的相聚。

我父母不是幽默的人，我也从未有过和他们开玩笑的念头。

自从我了解了父亲心里所想之后，便尝试时不时和他开玩笑。

有些玩笑太轻，有故作朋友之嫌。有些玩笑太重，重到周围的人都咋舌。无论是哪种，我爸都应对自如，就好像在我离家这些年，他一直在做应对我的准备。

酒桌上，喝开心了，我跟我爸的朋友们说："你们一定要珍惜和我爸喝酒的机会，我爸真的是这个城市里年纪最大还出来交际喝酒的人了，喝一次少一次，没准明天就不在了……"这种话一出口，全场突然鸦雀无声。大家脸上一副"刚才发生了什么，刘同他知不知道他说了什么？他是不是疯了？"的表情。

我爸一乐："来来来，人生得意须尽欢，大家都要把酒干了。真的是喝一次少一次啊。"

我爸完全不在乎。

把死亡挂在嘴边，不是不敬，而是想用这样的方式将生死问题化作平常。

我在以前的文章里写过我会和爸爸讨论他的骨灰分几份,每份放哪里。我妈一听就气得不行,不准我和爸爸讨论这样的话题,说年纪大了,听不了这些,难受。我就对我妈说:"我也把你的骨灰带在身上,大家一起走,给你买既好看又贵的骨灰盒。"

我妈就说:"那我不要红色的盒子,吓人。"

我说:"行行行,不买红色。"

我妈是个顶有趣的人。

有一回我们一大家子人去吃饭,吃完饭大家在前台录入自己的车牌号码免费停车。

大家全都录入完了,只有我妈一遍一遍地试。

我妈着急了,一脸无辜地看着我说:"怎么办,年纪大了,怎么连自己的车牌号码都不记得了?"

我安慰她:"没事没事,是不是你记错了,记了我之前的那个?"

我妈想了想,觉得有可能,于是又输入,还是错了。

她来来回回输入了十几次,我爸很不耐烦,我妈都快哭了。

我就说:"算了,没事,不弄了,咱们到时直接交停车费吧,也就几块钱,走!"

我妈很丧气地走到门口,突然停下来,用力"噢"了一声。

我连忙制止她:"别弄了,我们走吧,没事的,妈妈!"

我妈看着我真挚地说:"难怪输不进去!我今天就没有开车来,我是坐你小姑的车来的!"

我妈当了三十年护士,六十岁退休,六十三岁考驾照,六十五岁去老年大学学古筝,七十岁和同学们代表我们城市的老年大学参加全国古筝比赛,拿到了全国二等奖。

我爸六十岁退休后,先去援疆了一段时间,然后又被返聘,坐医院的专家门诊。

我妈就每天开车送他上下班,直到今天。

看到他俩现在相处的模样,我都会怀疑以前的记忆。

以前他俩几乎是每天吵架,一早一晚,毫不在意邻居的看法,更不把我当回事。

他俩隔三岔五签一次离婚协议,我从一开始哭着求我妈不要离婚,到后来是随便吧,赶紧离了,也别再吵了,还我个清净。

我甚至记得我在北京好几年后,有一年国庆节,放假最后一天,他俩非要在我面前表演离婚。

那时我都三十岁了,他俩都六十岁了,我想着如果不赶紧解决这个问题,下半辈子可够我受的。我只能跟老板再请两天假,我必须让他俩离了再回北京。

老板也恼了:"公司那么多事还没弄完,你七天假还不够,还要继续玩!你到底有没有责任心!"

我硬着头皮回复老板:"我父母离婚,我得让他俩离了再回来!"

老板没再回我信息,估计他也觉得这个理由非常莫名其妙又令人不知所措吧。

结果呢,晚上他俩又和好了,我真的被气坏了。

我说:"你俩演吧,我不陪你俩玩了,我被你们折磨几十年了,你们没腻,我已经腻了,再见。"我收拾行李就住到酒店去了。

那次我几乎是哭着告诉他俩,小时候我的心理阴影有多大。有时我妈为了制止我爸喝酒,大白天自己在家里把自己灌醉,我放学一回来就是满屋子酒味,我妈躺在角落,一动不动,我好几次以为她死了,号哭着给我爸打电话。我爸一回来,她就醒来了,周而复始。

我真不知道到底应该怪我妈太喜欢演戏,还是怪我爸太喜欢交际,我被夹在中间不知所措,可能这也是我想逃离的原因之一吧。

我说:"如果你俩再这样,我就再也不回这个家了。"

现在朋友看见我和我父母的相处觉得很羡慕，说："你家真幸福啊。"

我心想，哪有什么幸福的家庭，不都是每个人不放弃才熬过来的？他们不放弃我，让我远行。我不放弃他们，让他俩演戏。他俩不放弃彼此，相互依靠。

很多事情啊，都需要靠时间才能得出更好的解释。

我曾觉得父母的关系像刀与剑，刀剑乱舞，相爱相杀。

而时间告诉我，父母是刀和笔，刀笔相生，如雕龙凤。

这一屋子的鸡毛飞絮，最终如尘埃落定，波澜不惊。这一桩名为"家庭"的笨桩，最终也被雕刻得栩栩如生。

有一天，我爸对我说："只要我还没走，你就永远是小孩。"

父母在，我们不惧怕活着。

父母走了，我们不惧怕死亡。

他们在的任何地方，一切都是小事。

## 7 我似乎从未离开过

外地的朋友跟我回郴州玩时，感慨："'郴'这个字真的很少见。"

我说："当然，从秦朝有记录至今，这个字只有一个意思，就是我们这片土地。"

语气中带着一丝得意。

我突然意识到，我怎么变了呢？又是从什么时候变了的呢？

我从讨厌介绍家乡的这个生僻字，到为这个字两千多年的专属感到骄傲。

从恨不得再也不回家乡，到每年都要带好多朋友回来旅行。

从斩钉截铁地对父母说"这座城市没有适合我生活的土壤"，到信誓旦旦地跟同事说"我的家乡真的很适合拍摄影视作品"。

这些润物细无声的改变都是如何发生的，连我自己都说不清楚。

大概是真的到了某个年纪才意识到，那些人生里无论如何都追不到的东西，家乡早就准备好了替代品。

在大城市和朋友大吵一架，那就是大吵一架，还要收拾人际关系的烂摊子，清理满地的鸡毛。在家乡和朋友大吵一架，那不是大吵一架，是把自己咬烂了嚼碎了啐对方脸上，让对方看到闻到自己的真心。

在大城市争吵大概率要争个输赢。

在家乡争吵大概率会吵到涕泪横流。

这之间的区别可能就是：身在异地，我们学会了什么叫体面，知道自己无论如何要保持一点姿势，受了委屈也得忍着，眼泪只能留给自己；而在家乡，无论是摔到了沟里，还是躺在了荒郊野地，哭得撕心裂肺，总有人走过来抱你，安慰你。

当我后来真的带着同事们踏上这片土地为电视剧或电影勘景时，内心感慨万千。

站在苏仙岭远眺雾气消散的故乡，那呼啸而来的风声似曾相识，好像是家乡在问我："你还讨厌这里吗？"

我说："现在我才明白，我不是讨厌你，我是讨厌曾经那样的自己。我离开你，也是想摆脱那样的自己。但你看，我长大了，我变了，我回来了。"

每一块故土都见惯了人来人往，生生死死。每一块故土也都被人误读，像一本沉重的历史书，一页页被翻动，却难以被完全理解。在这片土地上，在这两千多年的风中，有多少个故事被吹散，带着余韵消失在山野之间。这土地的每一寸都沉淀过悲欢离合，承载过梦想与坚持。

一年四季，冬藏春生，土地总会准备新的土壤让年轻人生长，也总把过往越藏越深。只是年轻的我们快速发芽，快速挣脱，快速离开。匆匆而过，看似熟悉故土，却鲜有人在离开时真正读懂它。

多年后，我带着同事们站在铁道的天桥上，看着南来北往的列车说起自己每日放学后的心境，居然有泪水润湿了眼眶。

一辆列车缓缓北上，我看见一位眼熟的少年趴在座位上看着窗外发呆，那不就是十八岁的我吗？正乘着列车奔往他乡，眼里有憧憬又有迷茫。

我站在桥头用力朝他挥手，在心里告诉他："未来的你能凭能力逃开一切，也能在异乡脚踏实地地生活，你理解了父亲，你会回来重新阅读故乡这本书。无论你飞了多久多远，都不用担心自己没有根，你身上有一根线，线的一头拽着你，另一头在故乡的手里。"

写在出版之前：

这篇文章写完后，就放在文档里没有再读。

再读的时候，如同做梦一般，甚至都想不起自己是在怎样的心境下敲完了以上的文字。我想大概是在梦里回去了很多次，在曙光熹微时带回了几捧故土，温润厚重的泥土的芬芳随着回忆一点一点地迸发而出。

我曾在文章里写过一个卡拉OK厅，我每次回家乡都会去那儿。所有客人都坐在大厅，十几桌，每桌轮流唱歌，唱得好大家掌声热烈，唱得不好大家掌声更热烈，嘻嘻哈哈笑成一团。

我喜欢这里，它把这座城市八十年代的回忆一直延续至今，置身其中就好像自己在回忆里从来没有离开过。我所有的外地好朋友都跟我来过这儿，包括几位唱歌很好、职业是歌手的朋友。当他们拿起话筒，在这样一个大厅唱出自己的作品时，其他客人一片惊呼，猜测是否真的是原唱，然后用力鼓掌，遥遥举杯却不打扰，我满脑子只有三个字：真好啊。

只是可惜，前段时间朋友告诉我这个卡拉OK厅扛住了疫情三年，却没有扛过客人们的日渐遗忘，宣布停止营业了。

但我总觉得它还会重生的。

我写过的停车场大排档老板娘，我在异乡闯荡时，她也在故乡埋头开垦自己的路。现在她的店成了我们这座城市最有名的餐饮店，分店开了好几家。她对我说，有一天一桌客人吃完之后，看见了她，就问她是不是敏姐。她说是，客人问能不能抱抱她。客人说看过我写的文章，觉得敏姐很有力量，想要抱一抱，感受一下。

我记得有天夜里，我和同事们打车回剧组。

出租车司机听我们用普通话聊天，就问我们从哪里来，是做什么的。

同事说我们从北京来，来郴州拍电影。

出租车司机突然很兴奋，对同事说："你知道吗？我们郴州有个小伙子，是个作家，也在北京工作，叫刘同。他以前也在郴州拍过电视剧。谢谢你们来我们这里拍摄，你们的作品叫什么名字？等上映了之后，我一定去看。"

路上，出租车司机一直跟我们介绍郴州的风景美食，我打开窗看着窗外飞驰而过的街景，觉得一切都很好。

下车之后，我对司机说："谢谢你，我一定会向刘同好好学习的，争取把郴州拍得更美！"

年轻时有多想逃离家乡，现在就有多想那里的一草一木一桥一溪。

如果有一天，你来到我的家乡湖南郴州，在街上遇见我，请打个招呼，我肯定会请你吃一碗又辣又香又烫的鱼粉。

## 那我们就化作一支箭,破风去
## ——写给三十岁自己的一封信

三十岁的刘同:

我们不是常有一种错觉吗?觉得某些事早已发生过,自己甚至能预测到事件的走向,只是这种错觉的时间很短,短到当你意识到它存在的时候,便已经结束了。

后来我查了一下,这种看起来似乎没有意义,被称为"déjà vu(似曾相识)"的感觉被科学解释为大脑的错觉,但也有人更愿意相信那是另一个平行宇宙的你发生过的事,或者是我们的人生一次一次被重置,但记忆系统里依稀还残留着一些什么。

这些年,我依然偶有这样的错觉,我想那大概是未来的我们给现在的我们的提醒,虽解决不了什么问题,却能让我更有底气往未来的生活里前进——一切我们都曾经历过,克服过。

你三十岁那年，给二十岁的我们写了一封信，那封信被作为《谁的青春不迷茫》的序言进行了出版，那时的真诚让很多年轻人拥有了心理上的慰藉。

而我今天给你写这封信，也是那时你与每个十年后的我们做的约定。

这是我们人生的第二封十年来信，想和你聊聊三十岁之后至今十二年间我的改变和觉悟。

你大概会好奇，为何这封信是由四十二岁的刘同来执笔，四十岁的刘同呢？他去哪儿了？为何没能遵守十年的承诺？

四十岁的他，在那个年纪也确实写了一封信，但没有写给你，而是写给了我们的父母，那是一封《写在四十岁的遗书》。但你大可放心，他并不是想和这个世界告别，信里没有任何人生败局，也无落魄颓废，他只是想知道人生过半，如果生命真的终结在四十岁那一天，回望过往，他会觉得遗憾吗？

如果说那封遗书是在整理过去，那么这封由我写给你的信，则是在带你走向未来。

或许你又疑惑，四十一岁的刘同呢？为什么他不写？

那是因为四十一岁的我们正经历着生而为人以来最大的困扰，他被焦虑包围，在意各种声音、他人看法，心也不够静，整天与周围人比较，坏情绪将他压得死死的。

虽然从小就有发际线高、头发稀疏的困扰，但四十一岁的我们依然掉了人生里最多的头发，失了最长的眠，睁着眼迎来了最多的日出，遭遇了最长时间的耳鸣。应该说四十一岁的我们感受了处于最低谷的人生。

他总以为是因为那一年的他办了很多错事，做了很多错误决定，甚至觉得是那一年的他情绪不够稳定造成的，但我们都知道，那是长年累月的积累，就像这本书最开始写的那样——我们早已在不经意间被藤壶寄生了，步伐越来越慢，直至其压垮了四十一岁的我们。

但暂不提他，你也不必过多担心，你从我的语气里应该知道，四十二岁的我终于越了这一关，穿过了云层，熬过了冷雨，躲过了落石，扛过了低氧，正在前往另一座山峰。

从你的三十岁，到我的四十二岁，这一晃十二年，我变了很多，我先从重要的说起。

那时你觉得三十岁对成年人来说，是一个重要的节点，它意味着你已经脱离了年轻人的范畴。如果之前犯了错误，无论多少次，裁判员只会裁决为试跑。但三十岁之后再犯同样的错误，裁判会直接判定为犯规，将你罚下场。

三十岁之前做很多事情，你都毫无顾忌，错了也不觉得会带来多大的后果。可三十岁之后，你害怕犯错误，你开始觉得社会对你的容忍度变低。也正是这种害怕出错的心理，导致你很难再像以往那样不管不顾。

有人觉得你稳重了许多，但我们自己心里很清楚，这种稳重背后藏着怯弱与输不起。

你在年少时期，非常抵触外人评价你浮躁，评价你没眼力见儿，说你说话办事就像永远长不大一样。你暗暗向那些看起来很酷的男同学学习，也总是只学到了皮毛，没几分钟便露出马脚，一个转身就跑到九霄云外了。可三十岁之后，你突然明白了，以前那些很酷的男同学只是懂事太早，早早就背上了壳，将自己藏在自己都忘记了在哪儿的密室里，就像此刻的你。

你不知道为何自己的步履变得沉重无比。

仿佛过了三十岁，一夜之间，这个社会对三十岁的要求全都上线了，你需要有专业能力，要有抗压性，需要有一定的积蓄，要给自己买好各种商业保险，最好要在一家不错的公司，有一个说起来很特别的爱好，有一个运营得不错的自媒体账号。如果你还想显得更传统、更稳重，你就必须结婚，有一个清晰的生育计划，要有自己的信仰。如果你在大城市工作，那就应该拿到那个城市的户口。

二十九岁时，你觉得自己只是个孩子，不是生理上的，而是认知上的。二十四岁时，你进入一家公司，除了有几年的工作经验，你对外部的世界并不清楚。

你搞不清个人所得税，搞不清租房的押一付三为何总是拿不回押的一，你不知道为何装修的预算总是会超出那么多，你看新闻底下的评论觉得自己和他们不身处一个世界，你被领导穿了好多年小鞋，依然学不会反抗，只能慢慢将小鞋撑成了合适的鞋。你分不清楚到底是鞋真的被你撑大了，还是你的脚被裹小了。

就算你每个月的工资略有盈余，你也搞不清什么是理财。基金和股票的区别你好不容易弄清了，又被理财型保险和消费型保险弄晕了。投资的比例到底是多少，退休计划又应该如何进行？

眼下的工作是你喜欢的，但你又如何保证这个行业会一直向好？如果过了三十岁，你依然没有升到中高管，你被取代后又应该去做什么？三十岁自我困扰后，又多了一个三十五岁裁员危机，如果有幸没有被裁，四十岁的你除了忠诚得像狗，还能为公司提供些什么？

每年放在你办公桌上的免费体检单都显得扎眼，不到最后一天，你根本不想预约。不去，感觉浪费了一笔体检金；去了，多半又让自己心惊胆战很久很久。万一查出点什么，治吗？你缺钱，但你更缺的是自己可以自由支配的时间。

胃镜痛苦，肠镜不舒服，全麻又太贵。

相亲显得可笑，而自己又太懒，交友软件上聊几句就嫌烦。

刷朋友圈浪费时间，看见小红点又不停地想点。

知道刷抖音上瘾，总是责备自己，却不知道一个人埋怨自己也会上瘾。

不懂持家，购物节清空所有购物车就认为是节俭，却发现这网络一年到头全是节，光棍节、情人节且能理解，零食节、夜宵节还能共情，后来的秃头节之类让你觉得自己宛如智障。

就这样，人生一晃过了四十岁，今天的我仍然弄不懂很多东西，我明明懂得那么少，可外界觉得我已经太老。

说到这儿，我倒是有几件让你喜悦的事。

你二十多岁办了很多次健身卡，没有一次坚持使用过百分之十，要么是你办了不去，要么就是你想起来终于要去了，健身房已经办不下去倒闭了。但三十三岁的我，决意要真的运动了，然后从那天到今天，快十年了，我几乎每天都要运动两小时。所以现在的我比那时的你，看起来更自信、更潇洒了啊。

你一直没钱、没时间矫正的牙齿，三十八岁的我去矫正了，戴了两年隐形牙套，现在大笑起来也不用刻意用手去遮挡了。你担心的发际线，我也早在几年前看了医生，开了药，坚持一早一晚喷，效果不错，起码比咱爸四十多岁时头发茂盛。

你二十四岁失败的研究生考试，我在疫情期间又捡起来了。你最担心的英语全国统考我已经考过了，现在还差一门专业课，明年初通过的话，我就帮你拿到研究生的学历证了。

这几年，我做了很多你很想做，却一直没做的事。

我学了滑板，代价是一点破皮流血和小指骨裂。

我学了冲浪，但头发太少，海水一泡，我怕直接就秃了，很遗憾放弃了。

我花了一周的时间，去海边的俱乐部报了个潜水班，背了理论，考过了海底十二米潜水、十米营救项目，拿到AIDA（国际自由潜水发展协会）二星的自由潜水证。

三十七岁那年，我请了三个月的假去国外学习了英语，虽然回来时，语法和词汇量并无增长，但有了随时开口说英文的勇气。那三个月大概是我们人生中走得最远的三个月，认识了很多新朋友，见到了很多新的风景，感受到了活着的更多意义。

很多人好奇，为什么我都四十二岁了，还老想着搞这些有的没的？

前两天，一位同事抽了一个周末，自己去了一趟云南。回来之后他感慨了一句："我居然三十六岁才第一次为自己旅了一次行。"

我突然就被"为自己"那三个字给打动了。

十八岁前你在准备高考，大学四年你在准备找工作，毕业了你要了解工作和职业的区别，给自己设计长期路线，那点工资要填补人生大大小小的漏洞，从不敢挥霍。后来有了一点点积蓄，别人说要存一些以防万一，要拿出一些搞点理财，其实你什么都不懂，就一直跟在别人的意见里追啊追赶啊赶，你也不知道自己在赶什么。

三十岁前，社会告诉你必须恋爱、组建家庭，凡事必须自律，才能三十而立，三十岁立住了才能三十五岁之后继续留在行业里。很多人就这么懵懵懂懂地一路走了过来，一直在平衡自己和社会的关系，你也一样。

后来当我们的人生终于有了起色，积蓄也有了盈余时，我想，我得为我们，为自己纯粹地做一些事情。

当我决定给自己买个乐器，报个培训班，做个计划时，那种感觉就跟三十六岁的同事一个人逃出去旅行一样，我在哄自己开心。

我的心情无比愉悦，不是因为花钱不心疼，而是我真的学会了为自己，谁指责我都不管用。

我为我们创造了很多新的人生体验。这个时代早就变了，人的寿命都是很长的，晚点去完成别人的期待也没关系。而这个时代，意外也是很多的，早点体验一下为自己的感觉是很快乐的。

那些你没有时间去做的，我都尽量弥补了。

还有一些令你丧失胆量的，我也尽量在重建了。

比如，你青春期因几次失败的恋爱而崩坏的自信，那些断壁残垣也被对的人修复得几乎看不出痕迹。

倒不是因为我花了更多的时间去琢磨什么是爱情，而是经过了你那几次不圆满的恋爱经历（说是恋爱经历，我估计都是在为我们的幼稚挽尊，其实那几次都算不上什么恋爱经历，只是我们放不下的纠缠而已）。现在回想起来，之前每一次的失败，当你迈出第一步时，心里早就有了答案，那份忐忑和不安就是你的答案。

周围的朋友早就看出来了，你们不合适，你们不是一个世界的人，但你总不信，觉得靠时间和彼此的流动，会达成对未来的共识。

可怜的是，那时的你既没有足够的魅力，也没找到人生的重心，你甚至觉得提钱都是庸俗的。你只有一张说道理的嘴和一颗不服气的心，除了我们自己，谁又能看得起你，谁又愿意花时间帮我们看清？

一句流行语多适合那时的你——"智者不入爱河，愚者重蹈覆辙，薄情的风生水起，深情的挫骨扬灰"。你总是在扮演深情，实质上你除了扮演深情，也给予不了什么，但你把自己也给骗过了。

你曾以为自己在爱情里总是被辜负，我也曾因此自觉难堪。

但从更年轻的我们身上，我也学到了很多。

我不再主动表示好感。

聊了一句，如果没有回复，也绝不再聊第二句。

提醒过的问题，如果出现第二次，就拉倒。

若是察觉对方撒谎，便笃定以自己的智商以后也绝对会被骗得团团转，不接受任何道歉。

我朝另一个极端发展，我不再与人周旋，也不愿再用热情将一锅凉水煮沸。

我不再给人写长之又长的情书，发短信也尽量点到为止。

我怕自己的喜欢如蚁穴溃堤，怕自己的欣赏溢于言表如落九天的千里银河。

王尔德的《自深深处》中用了大量的细节来抨击情人是如何让他一步一步身陷囹圄的，然而他却表示，跌落这般处境，并非因为别人——你无法毁了我，是我毁了自己。

他很清楚，对方无论多坏，心思多歹毒，都不可能骗过自己。他是在知晓一切的前提下与恶魔共舞。所以他愿意为自己的错误买单，并不怪罪他人。

多数在爱里一蹶不振的人，牌技不行硬上牌桌，决意赌上一切，输了，却怪自己拿了一手烂牌。

烂牌也有好打法，但亮出底牌给对方却自诩追求极致的真诚，实则愚蠢。

真诚这张牌，配合别的牌一起出是王牌，唯独单独出时，是张烂牌。

总之，你不用为此担心我。

你二十七岁时养了一只泰迪叫同喜，三十五岁时我怕同喜独自在家里太寂寞，又给它找了一个弟弟二白，也是泰迪。今年同喜十五岁了，二白七岁了，它俩活蹦乱跳，你大可以放心。那时你养宠物最大的原因是想提前进入父亲的角色，培养自己早归家、少生气、有耐心的习性，这些后来我确实也都做得不错。所以很感谢你当初做的决定，至于孩子如何，恐怕要四十五岁的刘同来写信汇报了。

再说说两年前人生的低谷吧，之所以身体和精神状态都出现问题，原因多样，但各种原因总结起来只有一个根本性问题——你总是拿自己的挫败和周围的人去比较，觉得自己处处不如人，觉得自己一无是处，对未来充满恐惧，对自己充满失望。

这听起来似乎是很好解决的问题，我甚至能想象三十岁的你听见有朋友询问这样的困扰，你会回答："为什么要和别人去比？你能不能多和过去的自己比一比？"

但人一旦陷入某种情绪，就会对那种情绪上瘾。

过程就不赘述了，最终让四十二岁的我得以从困境中逃脱的原因是四十一岁时关闭了朋友圈,不再把目光放在其他人身上,不去打听别人的工作,不去看网络上的各种消息,坚定地执行一句话——和他人比较是不幸的开始。

这句话多简单直白,年轻的你看到这句话,可能都会觉得它不值得被念出来。

但人往往是这样,总是在摔倒后才发现绊倒自己的是一只大象。

和人比较是虚无的,想象自己好或不够好也是虚无的,人一旦进入虚无,情绪就会变得阴晴不定,像暴雨天的风筝,随时有断线的可能。最好的方式就是收线,不用飞那么高拓展视野,也不用飞那么高被人观赏,你得把自己牢牢地拽在手里,哪里都别去,然后就会产生踏实的感觉。

然后你回归了具体的生活。

什么叫具体的生活呢?

比如,有时候你觉得自己不幸福。

但你没有生病,有一份能养活自己的工作,能隔三岔五和父母通个电话,有时烦了还会先挂了他们的电话。

你在外卖软件上收藏了很多家餐馆,一直轮换着点。

周末犯懒的话,你可以在床上躺一整天,没有任何人会打扰你。

你想释放情绪的时候，就找出一部电影。

经过书店的时候，你想起自己很久没阅读过了，于是买了几本书。

一件新的T恤能让你心情好很多。

饮品第二杯半价的话，那就买两杯，喝一杯留一杯。

偶然目睹天边晚霞，于是你拍几张照片发在朋友圈，每个赞都让你觉得自己的摄影真有品位。

风来了，你想起一件小事。

雨下了，路上有人跑了起来，你不紧不慢，很想淋一阵雨。

买半个西瓜，你盘腿坐在沙发上，用勺子在中间转了一个很完美的圈圈。

玻璃上有雨滴，你拍了下来，背景一片虚焦，好像十七八岁走向世界的自己。

听到一首好听的日推歌曲，你点赞下载，曲库里又多了一首歌曲可以藏一点心情和秘密。

扫了一辆自行车，座椅的高矮无须调节，刚好合适，你用力蹬了几脚，好像就能比旁人多走几步。

人生很轻，似乎都是这些可有可无的小事，似乎吹一口气就能被打回原形。

而人生很新，这些每天重复发生的小事，恰恰是我们拼尽全力才能拥有的宁静。

阅读一段美好的文字，遇见一个相视一笑的朋友，和自己的心聊上几句，天不会塌，路也不会有尽头，黑暗就要变成黎明。其实我们不必总是眉头紧锁，总去担心还没来的失败，还未到的结局，把目光集中在种种小事里，就很幸福了。

你看，这些是不是就显得很具体？

当我把目光重新聚焦在自己身上，每天能写上几千字，写出一个自己很喜欢的句子时，我突然又找到了和每一个年龄的我们沟通的方式。过去的两年，当我一直没有重心地飘着时，我已经很难安下心来记录东西了，我找不到和自己交流的方式，你们也无法再从文字中跳出来帮我出主意，叫醒我的混沌。那一个一个字，就是我和你之间最具体的信号。每天做的一些新鲜的具体的小事，就是让我慢慢收线，不突兀又不鲁莽的力量。

你运气最好的是，无论这些年经历了什么，父母总是在背后支持你，不给你压力，远远地看着你。他们身体健康，自得其乐。

你三十岁写的文章里，多多少少还带着一些少年时期对父母的怨气。但你知道吗？如果不是因为有这样的父母，我们根本走不到这里。

我刚刚和你说现在我学会了"为自己"，那是因为我现在还没有足够多的牵挂，我还能趁现在多为为自己。我能想象到，当我有了孩子时，我的心就再难跑远，只会系在他的身上，无论他去哪儿，我的心都会被揪着。

所以我们的父母也是一样的，从孩子生下来那天开始，他们就没有了自己，他们的担心唠叨、自作主张、多此一举，全都是为了孩子。

你烦起来，一年都不想和他们联系，你过你自由的人生，你希望父母也去过自己的日子，别老盯着你。只是你不曾想到，你离开家那一天，你是带着他们的心出来的，你不回去，他们如何放心，心又能放在哪里？

现在的我，只能尽量去靠近父母的心境。只有当我真正成为父母那一天，我才能百分之百地理解他们。

最后，我要感谢三十岁的你。

你仔细听一听，也会为此刻的你感到骄傲的。

三十岁，你一直在思考要不要回家乡发展。你在大城市前看不见村，旁寻不着店，唯有回乡这一条路上的车辙清晰可见。你当时的计划是，有好些年大城市的工作经验，回去找个工作或创业，多少能被家乡人高看一眼，总比漂在大城市，时常缺乏存在感好。

你总是问自己：都三十岁了，人生在努力下变得更好了吗？父母年纪也大了，自己能为他们换一套更大一点的房子吗？于是你为了多一些积蓄，挖空心思挣钱，你尝试了很多方式，无一成功。

你和朋友开文化公司，帮人做婚礼策划，给杂志撰写稿件，在老家开服装店，你来负责进货……这些事让你心力交瘁又鞭长莫及，稍微走上正轨都会影响正经工作，终归不是长久之计。你那时最大的优点就是想干什么立刻就干了，很少犹犹豫豫，觉得什么行不通就会立刻放弃，也绝不会因为不甘心而拖泥带水。

你胆小，不敢去碰有风险的事。也正因为你胆小，你从不碰那些看起来是天上掉馅饼的事。你一直谨记一句家乡的老话："天上一个馅饼，地上一个陷阱。"如果周围有人吃到了馅饼，也没有踩到陷阱，那一定有个更大的陷阱。

那时你认为三十岁是人生最大的坎，处于一种春季和夏季努力生长，却不知道秋季来临自己是否能结果的心情。

你大学毕业后一直坚持写东西，出版了一些作品，销量差得不行，读者寥寥。

常有人笑话你，说看不懂你写的东西，也不知道你一直做这件事情的意义。

你倒十分随意，觉得写作对你而言，只是释放情绪的出口而已，并不需要赋予更多的意义。

有约稿就写稿，没约稿就写日记。从大学毕业到三十二岁，你一直在写日记。

把每日的自己拆成文字，一目了然。工作初期，你常带着或愤怒或不解下笔，洋洋洒洒一两千字，收笔时却意外地在文字中看到了一条人生明径。

你所有的情绪都消解在了文字里，像冰融于海里，像风托起机翼，遣词造句都毫不讲究，仿入无人之境，胡乱来，尽情写，反正你只是写给自己看而已。

只是你三十二岁那年，出版社编辑突然对你说，她看完了你的日记，莫名其妙地很感动。

她说这种莫名其妙的感动来自——一个对未来毫无信心的年轻人用力地挣扎，明明很无力却又假装自己很有勇气，总是受到外界的委屈还要躲起来一个劲地安慰自己；不知道出口在哪里，但先告诉自己起码先做到脚踏实地。

你的"摆烂"不是真"摆烂"，你只是烂给别人看，但心里的摆锤从未耽搁过一秒，心里有数得很。

你的"躺平"也并非真"躺平"，你只是躺在回忆里，暂时平复一会儿自己的心情。

在你十年的日记里，你呈现出了大多数普通年轻人的通病，甚至表现得更为矫情。

在编辑的建议下，你重新阅读了过去的日记，就像今天的我和你促膝长谈般，你把自己多年后的阅读感受写在了每一篇日记的后面，想起离开家，进入大学，选择北漂的种种，时常红了眼眶。

你本很讨厌过去的自己——显得精明又过于算计，明明得不到还假装不想要，没有人格魅力又总想获得他人的注意。那种求生的可怜劲却在多年后让你意识到了自己成长的不易。

你决定毫无保留地公开这些文字，也知道会遭受一些非议，但也许会因此找到更多同类。你不暴露自己，别人又怎能看见你？

再说了，这世上本就有很多事的成败，与能力无关，却跟勇气挂钩。

这本书叫《谁的青春不迷茫》，出版后，让写了十三年文字的你，突然被看见了。

此后，我也没有让你失望，保持我们的约定，几乎每两年出版一本作品，这是我们之间的时光机。

我也曾感慨，为什么人生的路越走越窄？

写完这封信，我内心平静，我知道就算未来的路越来越窄也没问题，只要路一直还在，能延向远方，哪怕它窄成一条线也没问题。

那我们就化作一支箭，破风去。

四十二岁的我

**写在出版之前：**

前两天我满四十三岁，发生日祝福的朋友很少，我心里的负担和压力便也小了。不是友情越来越淡了，而是每次朋友给我发生日祝福时，我都说别发啦，今天只是很普通的一天。我不喜欢参加别人的生日聚会，因为总是要为买礼物头疼，还浪费钱。我也不喜欢自己过生日，觉得没有任何庆祝的必要。

唯一值得纪念的是，四十二岁的我是如何度过的。

我一直有个奇奇怪怪的想法，也把它写成了故事，如果有可能，将来没准还能拍成电影。

我一直觉得每个人都是由很多个自己组成的，比如我吧，今年四十三岁了，所以我是由四十三个刘同组成的。不同岁数的刘同负责守护相应数字的那一年，然后每年生日那天，将发光的灵魂呵护至下一个岁数的自己。

但也有人，也许活了四十年，却只有二十个他。这就意味着，在他二十岁那年，遭遇了某些挫折，二十岁的他并没有顺利地和二十一岁的他交接，以至于后面每一个看似长大的自己，手里并没有捧着他的心，他的心还留在二十岁的自己那儿，一直没有走出来。

童年的阴影、学业的打击、进入社会的挫折，都把人打得措手不及，要走出心理的阴影，势必要找回当年出走的那个自己。把他带回来，把他手里的那颗心带回来。

四十二岁的我，一直在帮四十一岁的我走出沼泽地，不让我困在一个情绪里。

虽然我们每年都在长大，哪怕不努力，人生也会继续，但不要把自己的心忘在自己也不记得的地方了。

自　语

有人问：自己三十岁，没结婚，没恋爱，没升职，没未来，什么都没有，每天醒来都焦虑，这样的人生是否还值得过下去？

我想起之前看过的一首小诗：

不要急，
没有一朵花，从一开始就是花。
也不要嚣张，
没有一朵花，到最后还是花。

我把这首诗送给了她。
人生本无永久顺境，人人都在等待一场属于自己的春风,再历经春夏秋冬。

你的人生不是只有一次四季,只要你怀揣着心里的那颗种子,低头滋养它,那就是你一次又一次的春天。

## Chapter 2

晴雨交加

WAITING
FOR
EVERYTHING
TO
CALM
DOWN

曾看过一句话："除生病以外，你所感受的痛苦，都是你的价值观带给你的，而非真实存在。"所以我也常对自己说："除健康以外，我所体验到的快乐，都是自己内心的感受和个人价值观的影响，而非统一存在。"

这样一来，痛苦并不是真的痛苦，而快乐则成了真的快乐。

无数次我觉得自己的人生要完蛋了，后来发现只要自己还活着，人生就不会完蛋，一定会柳暗花明，绝处逢生。但这种花明和逢生不是我的环境突然改变了，而是我突然对很多事想通了。人生不会走进死胡同，但情绪会。

晴雨交加，不是你通往世界路上的极端天气，而是在这条路上，你和自己内心的对抗。

但你最终能在雨天偷出一段时间将其编织成绳，去晾干自己的衣裳。

## 你的旧伤口总会找到新的创可贴

每个人的人生都是自己写的一本书，此时的你写到了第几章第几行，是否一直在某个章节打转，无论如何都写不完？又或者在某个段落字字斟酌，涂涂改改，重复书写那三两行？

我第一次意识到"人生需要翻篇"来源于我父母长年累月对同一个问题的争吵。

每次我妈回到爸爸的老家过年，总是会突然闷闷不乐。原因我从小学就了解得一清二楚，我爸妈刚结婚那会儿，爷爷奶奶对妈妈的态度不好，大概是说了一句："娶了个媳妇，丢了个儿子。"加之妈妈的家里人都在江西，离她很远，所以她的孤单也就让一切的相处细节都变得意味深长。

在我的印象当中，爸爸是解释过很多遍的，说那时刚成家，自己什么也不懂，忽略了爷爷奶奶，他们说出那样的话只是气话，不能一直抓着不放。奶奶也好，姑姑也罢，都跟妈妈解释过很多次。

但不知怎的，或许是触景生情，每次回到爸爸老家过年，妈妈就想起那些不愉快。

他们年年吵，次次吵，从我小学吵到大学毕业，作为儿子的我，不堪重负。

我不太能理解为什么同一个话题可以吵一辈子。

直到几年前，奶奶走了，当妈妈再度提起过去时，爸爸说了一句："我妈走了，这件事也该翻篇了。"

原来，翻篇是这么用的。

人们肉眼可见地看时间把某件事翻来覆去打磨成了光滑的鹅卵石，当事人双方将它不停拾起来反复掷向对方。当事件本身的当事人纷纷离场后，真相似乎也变得没那么重要了。最后将这块石头扔向远方，只能在记忆的水面上激起层层涟漪，水波慢慢消散，鹅卵石沉于水底，成为历史的某个部分。

爸爸说完那句话后，妈妈果然没再说什么，狠狠地在房间里哭了一场。他们将手里的最后一块石头打出喧嚣，之后又迅速恢复了宁静。

我同情我妈，理解我爸，也为爷爷奶奶感到不值当。

最终，结束这件事情的，不是某个段落或句子，不是一笑泯恩仇的皆大欢喜，而是命运将这一页硬性翻了过去。翻了篇就是救赎。

有时聊起人生过往，尤其是令人难过的部分，除了那些用文字刻意记录的只是当作教训的部分，其余的我统统记不住。我曾一度以为自己脸皮够厚，心够糙，很难有事情可以伤害到我。但我明明又是INFJ（十六型人格测试中的一种）人格，敏感又细腻，面对任何细微的不愉快，都像是白衬衣上被后桌同学转笔甩了一身墨水。

后来我明白了，我会刻意遗忘让自己难堪的很多事，不去想，不去琢磨，赶紧投入别的事情里让自己转移注意力。既然已"社死"于某个现场，就让那个不省人事的自己赶紧腐烂，化为养料去滋养新的自我，使之更为坚强。

我很少和痛苦的自己死缠烂打，一身泥泞。我深知，造成自己痛苦的，不是那个敏感又愚钝的自己，而是外界给的压力，我又怎能责怪自己呢？我所做的一切，都是希望自己变得更好，但做错了，走歪了，那就重新来过，而不是一直守在角落自责。

只要你放过自己，大脑自然会放过你。最怕你一直躲在过去失败的阴影里，任何人要拉你一把，都要步行回你跌落的泥潭旁或走到的岔路上，于你要等待的时间太久，于他人要寻找你隐蔽的藏身之处又太难。

我喜欢的人转头喜欢了别人。
我信任的朋友，转头欺骗了我。

我以为欣赏我的领导,转头就翻脸不认人。

我对世界的认知就在这样一次又一次的惊讶中变得清晰,当时的我痛苦吗?回答是肯定的。但人生经历一次又一次告诉我,只要你愿意往前走,还有能力走,就必须一直往前走,因为你一定能遇到新的创可贴治愈曾经的伤口。

千万不要因为害怕受伤或受过伤而觉得难以启齿。

大学时,我对喜欢的人说:"你是第一个让我动心的人,这是我第一次觉得喜欢一个人有多快乐。"那个人并不觉得被我喜欢有什么了不起,甚至都没追问更多的细节。我就当自己对自己动了心。

工作后,我把喜欢的人送到了车站,又一同乘车把对方送到了目的地。对方把我送到了对面的车站,也乘车把我送回了目的地。那晚我们就这么靠在公交车上看着彼此,互相送来送去。我相信那一晚我们一定是带着很认真的爱相处的。只是也没过多久,对方说我们暂时不要联系了。我问为何,对方的答案是:"我爱上别人了,心里纠结。"

我说我可以等一百天。也不管对方是否愿意,我便开始了一百天的等待。

每天思念对方一次,我就像是"纯爱战士"里的荣耀王者。

到了一百天,我发信息过去:"想好了吗?"

对方回:"我和他已经在一起了。"

我说:"好的,祝你幸福。"

倒也没哭,就是觉得自己以后不应该那么纯情了,要放肆,要随意,要尽兴。

可没过几年,当一段感情失败时,我又开始写纯情小作文去告别:"我再也不会像爱你一样爱别人。"还跟朋友哭诉:"我再也不会这样去在乎一个人了。"朋友怕我想不开,带我出去旅行。我站在游轮上,看着海面波光粼粼,月亮像鸡蛋一样被打碎在碗里。

从海上回来,投入工作,决意不再儿女情长、悲悲戚戚。

后来,现在这位问我:"遇见我之前,你印象深刻的爱情有哪些?"

死去的回忆纷纷诈尸,无数个纯爱的我从坟墓里跳出来组成敢死队。

"好羞耻啊,不想提。"我说。

但一一回想起来,我觉得自己做的那些看起来愚蠢的告别自有它的意义。在一切翻篇之前,必须亲手写上最后一句话,为这一页画上句点。

我在《想为你的深夜放一束烟火》里写过自己失败的第一次网恋。我们并未发生任何实质性的关系,告别前我送了对方一张专辑,希望对方能仔细听其中某一首歌曲。可惜对方再也没有回复过我这个问题,我们也自然失去了联系。过了十几年,我们又在虹桥机场相遇,我当时的第一个念头并不是想走上去介绍自己这些年的改变,证明自己没当年那么毛躁了,而是想问对方:"听了那首歌吗?感觉怎样?"

我总觉得任何事,无疾而终都是对未来人生的一种困扰。给个交代,哪怕不是个自己想要的结果,哭一场,遗憾一阵就完事了。谁的成长不是一场过云雨呢?

如果你总把自己困在死局里,就遇不到更有趣的人,也遇不到更好的自己。

感情如此,工作亦是。

家里人曾问我:"你在北京工作最痛苦的日子是什么时候?"

我回忆了半天,挤出了一段"牙膏"。

那是我被公司调去广告部做广告业务的日子。

大学毕业后,我一直从事电视节目内容的制作,对广告业务毫无兴趣。

但二十七岁那年,我的职场生涯遭遇滑铁卢,公司把我调去了广告部。

毫无客户资源,也没有任何广告经验的我两眼一抹黑,直属领导也不允许同事帮我，我只能自己去找客户，从零开始摸索。

大学之后，我独处惯了，写作是一个人的狂欢，工作只需要把负责的新闻有条理地制作出来即可，无须和人交际。

可做广告业务需要主动跟客户推销和介绍自己，需要给陌生客户发信息、打电话，我那时常常辗转拿到一个客户的联系方式后，一联系发现早已有同事在联系了，对方很不耐烦地问："你们公司内部管理那么混乱吗？"

不能碰同事联系的客户，只能开发新客户。

那时我求得最多的人，是其他媒体做广告的朋友。他们给我联系名单的时候，常会补充一句："这个客户刚上任没多久，脾气态度都不太好，我们约了几个月都没有约到，如果你约到了，也请帮忙搭个线。"

可即使是这样，也没有什么作用。

连夜赶去福建见客户，却一直被拒之门外。

跨年夜在客户办年会的场地门口等签约，蹲在街边的路上吃半冷不热的小笼包。

提案失败，开车回公司的路上，我对同事说："我们再给自己半年时间吧，不行就转行算了。"

被派去组建上海的销售团队，自己拿着一万五的工资却面试月薪三万五的同事……

每一件事都能将那时我的自尊心碾得粉碎，将我对未来的期望置于死地,那大概是我人生走得最弯的一段路。不过我在心里做了个决定:不再花时间抱怨任何眼下的环境,把所有时间花在工作上,我只给自己一年的时间。做好了,就继续;做不好,就辞职。绝不能再每天自怨自艾,一小半时间在工作,一大半时间在难过,一年之后不仅学不到什么,连对自己的绝望都会大打折扣。

我得绝望,人只有彻底绝望过才有足够的动力去新的土壤求生。

我得让自己狼狈不堪,只有狼狈不堪后才能苦笑着对身边人堂堂正正说一句:"拉我一把。"

我也很清楚,这样的失败不是我的失败,而是这条路的失败,我不会让自己困在这里,我要另寻出路。

虽然一切都很黑暗,但总算被我发现了一点微光。

我给很多新客户打电话,几乎每次打电话过去,没介绍两句就被对方挂断了,情形完全和现在的电话推销没什么两样。我非常迷茫,不知道自己做的事情到底有什么意义,就去问同行里那些做得好的朋友:"你每次成功做成一笔业务,需要被拒绝多少次呢?"

朋友人很好,真的坐下来帮我算自己被拒绝的次数。"就拿最近这笔饮料投放来说,我打了两个月电话,每天都被拒绝,后来终于见了面,客户让我一直等他们的需求,有了需求后，我们做的方案被要求改了十几次，然后对方告诉我他们有了更好的选择，我又立刻调整方案和资源，到最后拿下来我估计被拒绝了五十次吧。"

然后我就整天告诉自己：必须被拒绝五十次，才有可能成功一次。

从那之后，即使每次我打电话过去刚自我介绍两句就被挂断，我也不着急从地上捡起自己碎了一地的自尊心，而是捧着手机开始编很长的文字短信给对方发过去。

从我是谁，我们公司有什么合适的电视节目，到影响力怎样，能给对方提供怎样的服务。大概是常年写作的原因，又或者绝大多数广告业务员很少发那么长的声情并茂的短信，我的短信发过去后，总是能收到回馈，这些回馈大都非常短，短到只有"好""收到""考虑一下""再联系""有需要找你"几个字。但这对我来说就算是成功了。

后来成为朋友的客户对我说："第一次收到你的短信时，我吓了一跳，以为手机中毒了。但你的短信很快速地说清楚了你们的优点，你们可以为我们设计的节目内容，态度又很真诚。我扫一眼心里就有数了。其实我最讨厌接电话，一是说又说不清，二是绝大多数人表达都不流畅，本来开会心情就不好，一听电话心情更差了。但一看见你的短信，情绪就好像一张皱的纸被熨开了。"

客户的最后一句话是我自己加的，反正大概起到的就是那种效果吧。

客户问:"你怎么那么会写短信?"

我哈哈哈哈哈地笑着说:"因为我是个作家啊。"

客户也哈哈哈哈大笑起来,他们以为是个玩笑。

那时我二十七八岁,出版了一些作品,但是没什么人看。

后来三十多岁,作品突然被熟知后,以前的客户给我发来信息:"这个刘同是你吗?你真是个作家啊?"

我说:"是啊,我以前告诉过你啊。哈哈哈。"

客户说:"我们部门有同事很喜欢你,你快给我寄一些签名的书来。"

客户还说:"好可惜,没有保留当初你给我发的那些那么长的短信!"

我说:"我现在还是可以给你发啊。"

那一年很快过去,我被调回了节目部。我把这段经历用双面胶粘好,不想再看,也不愿意回味。那一页上,我写了一段话:"以后觉得难的时候,想想这一段,这都熬过来了,还有什么难的?"

学会翻篇就好了。


年前,我问我妈:"爷爷奶奶真的对你很差吗?"

她说:"其实也没有,你爷爷奶奶后来对我还挺好的。"

轮到我疑惑了。

我妈说:"一开始你爸家里人对我态度都很差,可能是觉得你爸被我抢走了吧,我能理解。但我就坚持对他们好,不管他们对我怎样,哪怕家里只有一百块,我都会拿出八十块给他们。让他们知道我和他们想的不一样。慢慢地,你爸家里的人就被我感动了,觉得这个媳妇真是好啊。"

"那你以前为什么老说他们对你不好的事?"

她想了一下说:"发生过的事情就是发生了,弥补又是另外一回事。就算你爷爷奶奶后来对我好了,他们也没说过一句对不起。"

我突然能理解我妈的心情了。

她迟迟不愿意翻篇,是因为没有人为她最难的那段日子画上一个句号。后来爷爷奶奶走了,妈妈心中怅然,那一页就只能画上省略号了。

但我想句号也好,省略号也罢,虽不如她所愿,但好歹这一页翻过去了。

风不解书意,偏自弄翻篇。大概连风也知道,人生是必须一页一页翻过去才能往前走的吧。


写在出版之前:

修改这篇稿子时,恰逢公司开年会。今年是我加入光线的第二十年,我和同事说这些年,我在公司换了十四个岗位。年轻同事们哗然,有人问我:"到底都干过些什么?都做得不错吗?"这篇文章里我写自己最痛苦的时期是做广告的时期,我想大概是痛苦的事情太多了,我只允许自己记住一件作为代表。我做过电视节目,做过活动,做过广告,做过艺人经纪人,做过宣传,现在在做电影。其实,其中有一大半的岗位我都不想记住,全都是一天一天算着日子熬过来的。

虽然我在光线工作进入第二十年了,但也是最近才逐渐清楚自己的职业定位:我擅长去做一些特别细节的内容。凡是与内容创作相关的,我都能全情投入,整个人会变得自信,哪怕在规定时间内没完成一个目标,我心里也不会觉得"糟糕",只是觉得"再给我几天去思考,肯定不会有问题"。

除了广告,做艺人经纪人那段经历是极其痛苦的。做艺人经纪人最令我崩溃的事情是,一件很明显的事情,艺人就是理解不了,我必须把前因后果各种可能性帮忙梳理一遍,对方才会恍然大悟"噢,原来是这么回事",艺人开心了,我一整天的生命力就被消耗殆尽了。其实这也没啥,毕竟这就是工作嘛。然而真正恐怖的事情是,到了晚上,艺人又会发来信息:"我又想不明白了,我觉得不对。"于是我就放下自己的生活,抱着电话继续沟通一整晚。这样的生活周而复始,我眼睁睁地看着艺人杀掉自己每一个有阳光的清晨,勒死每一个有月光的夜晚。有一天我想:我与其花那么多时间去疏导艺人,让对方成为更好的人，为什么不把时间花在自己身上，让自己成为更好的人呢？

想明白这件事之后，我立刻从行业其他公司挖了一个靠谱的人过来取代自己，自己又退回到节目制作部门，总算是活了过来。拥有自己的可支配时间真的是一件快乐的事情。我就每天写东西，每天夸自己，到了三十多岁的时候，我的人生就真的渐渐好起来了。所以要说我做艺人经纪人失败了，我是不太认账的，毕竟我把自己培养出来了。

在我工作的这二十年中，我常常被路上迎面来的大风刮跑，刮到一个不知名的地方，然后自己开荒种地，等待有所收成。春天只能默默劳作，夏天只能除虫浇水，秋天只能望眼欲穿，到冬天又是竹篮打水。我以前会觉得自己运气不好，后来发现这是常态——因为我们多半不了解自己真正擅长的是什么，也不知道如何把自己擅长的部分融入新的挑战中。

而一旦你清楚自己擅长做什么之后，便能真正为自己做长时间的职业规划。后来我就跟公司说，我想做那种和文字内容打交道的工作，在这样的工作里再累我也不会觉得枯燥。慢慢地，我就走到了今天。

"长期主义"说的就是这个意思。不要试图去催熟别的种子，而应该把自己当成种子去灌溉，去施肥，给自己更多的时间，在自己的地盘上生根，发芽，开花。

我去年对自己彻底失去自信的时候，对公司领导说要不离职算了,感觉自己也创造不出价值了。但后来,我发现其实公司里比我想先走的"大有人在",所以我就为年会做了一个节目叫《劝退大会》,劝他们离开。

## 我活出了他们希望我活出的样子

人生里很多事，必须经过很长一段时间才能书写。那是暴风中被卷起的一页又一页的纸，那时无论如何伸手都是抓不住的。只能等风停了，你才能蹑手蹑脚地走过去，拾掇起上面的秘密。

那狂风兴许源于外界，兴许来自内心，整日呼呼作响，让人不得安宁，你也曾像堂吉诃德般拿出长矛去对抗，却被打得晕头转向。你压根碰不着风，风也懒得理你，只消用它卷起的一切事物就能将你揍得鼻青脸肿。

这些事你只能等，等到风再也吹不动了，等到风自己也觉得索然无味了，你才能推开门去找那页纸交谈。

它们一直在各种风里躲藏，一晃十几年过去了，我才能下笔写下自己心里的困扰，试图去找到一些答案。沉淀下来的部分，才是长辈们说的"赶紧喝了，这才是最有营养的"东西。

十六年前，外公离开的时候，我在北京工作。

我爸给我打的电话，他让我不用赶回去，下次回家再好好祭拜。

挂了电话，悲伤像一团雾气立刻将我笼罩，我坐在公司的餐厅不可抑制地大哭起来，有一种要把身体里所有的水分都变成眼泪哭干的悲恸。那甚至是我所有回忆中，自己哭到最不能自已的一次。

我并非被自己与外公的任何回忆所触动，也没有觉得自己与外公之间有何种遗憾，我俯在桌子上，眼泪打湿了两管衣袖，我意识到，外公的离世推倒了我人生中的一面墙——这面墙将家人与死亡阻隔开来。而外公的离开让我意识到我的人生即将开启与亲人在这一世的告别。

我想，外公走了，外婆会不会伤心？外婆如果伤心了，是不是也快要离开我了？还有爷爷奶奶，最终会轮到父母。一想到这些，那滚滚而来不可阻挡的命运，瞬间就让人充满了无力感，瘫软下来。

后来我回到家，跪在外公的墓前，一滴眼泪都没有流下来，是因为我哭过头了吗，还是因为我和外公并没有自己想象中亲近？我为自己没有哭出来感到羞愧。

此后的十多年，爷爷、奶奶、外婆相继离开，我都第一时间赶到了他们身边。

送他们离开的时候，我跪在那儿，看着安详的他们，依然没有任何眼泪，只是怔怔地看着。

周围的亲戚哽咽，啜泣，号啕大哭，我低着头拼命回忆过往的美好，却感觉不到任何悲伤。我只能埋着头——不让别人看到自己平静如一潭死水的脸——让人误以为我伤痛欲绝。

我不停责问自己：他们从小对我那么好，没有他们，怎么会有我的今天？可为什么我丝毫不感到难过呢？

我退到堂屋角落，默默酝酿悲恸的情绪，逼自己重新回忆童年感到的每一个幸福的细节，再想他们今天走了，我再也见不到他们了。可越是如此，我整个人越是冷静。

有亲戚看我情绪异常稳定，就对我说："你奶奶以前对你那么好，她走了，你怎么都不哭？"

我只能硬着头皮开玩笑："奶奶以前对你期待那么高，你却没让她满意，你赶紧磕头道歉去。"

旁人越这样说，我越内疚，只能假装若无其事地说说笑笑，说自己还没接受这样的事实，感觉长辈们根本还没有离去，对我来说只是时间未到，我觉得自己肯定会在一个夜深人静的时刻想起一切而痛哭流涕。

仿佛只有哭，才能表达一个人对另一个人的真心。

后来我终于哭了一次，那是和朋友们聊起各自的奶奶做的腌菜。

我说我奶奶每年会在家里做好多坛子萝卜条，说着说着就哭了,我说我想我奶奶了,其实是因为我察觉自己再也无法吃到奶奶做的萝卜条了。很奇怪,奶奶已经离开那么久了,为什么我依然觉得她从未离开?

我觉得自己很冷血,"冷血"这个词的背后也藏着伪善,藏着虚情假意,藏着表里不一。可我分明是一个动不动就会流眼泪的人,看到别人的善意,听到别人的一点真心,就会立刻产生共情。

难道我只会为陌生人情感泛滥,而对家里人有情感障碍?

爷爷走的时候,我没哭。我想可能是从小他对我太严厉了。

奶奶走的时候,我没哭。我想可能是最后那几年她的阿尔茨海默病,早就让我做好了告别的准备。

外婆走的时候,我仍然没哭。我觉得我不能再为自己找各种原因了,我一定有什么问题。

这件事持续困扰着我,我跟朋友坦露了内心的愧疚。

朋友问:"那你现在想到长辈们,会感到幸福吗?"

我说:"我现在能回想起很多细节,都感到幸福。"

他问:"哪些?"

我记得外公常会在白天神秘地告诉我:"晚上带你看昙花如何开花哟。"

于是那一整天我都会沉浸在等待的喜悦中。我能记得天幕被夜色一层一层染黑，记得半空升起一轮皎洁的明月，这时夜风便有了独特的清香，那是昙花的味道。赶来的邻里和夜间的花粉传播者一样蠢蠢欲动。大家围在昙花旁边，呼吸都很谨慎，害怕自己的喧哗会惊吓到昙花。我也是从跟着外公夜赏昙花，才意识到很多看起来可笑的小心翼翼，其实是人对万物的虔诚和敬畏。

我和爷爷只有每年过年才能相见，那是我最期待的日子。爷爷工资不高，每年过年都会拿出一本字典考我认字。我认对一个字，他就奖励我一块钱，那时一块钱能起到的作用非常多，而我总是可以从爷爷这儿轻易就弄到几十块零花钱。爸爸觉得爷爷太宠我了，爷爷说反正留着钱也是抽烟，不如让我开开心心多认几个字。爷爷八十岁大寿时，爸爸给他在村子里大摆了三天戏台，爷爷一个人偷偷躲在田埂抽他的烟斗，远远看着戏台。我拿着自己出版的作品给他，他颤颤巍巍地摩挲着那本书，翻来覆去，不敢相信地问："这是你写的啊？"我说："是啊。"他连着说"好啊好啊"，满脸的皱纹让我看不出他是笑着，还是惊讶着。

我记得小时候奶奶把家附近的地都开垦种了菜，她会一早收了菜从矿里走到镇上去卖，要走大半天，每天卖了一两块钱就背着爸妈偷偷给我五毛。

她知道我最喜欢吃她做的面条，因为能吃到很多新鲜的猪油渣。

奶奶患阿尔茨海默病的头两年，意识在清醒与模糊之间摇摆，大年三十她看我吃年夜饭没什么胃口，就问我想不想吃她做的面，我眼睛一下就亮了。于是她立刻起身去厨房给我下面条。这个故事我曾经写在了文章里，当时大家都阻止奶奶帮我做面，她身体已经很差了，但我执意让奶奶下厨房，所有人都说我不懂事。

我跟着奶奶到了厨房，不知道怎么的，我觉得这可能是她人生中给我做的最后一碗面，于是我又从包里掏出了相机，一直拍奶奶给我做面的步骤，切葱放蒜，不忘加新鲜的猪油渣，最后奶奶做完，双手颤颤巍巍地把面递到我面前。

我放下相机，几乎是含着泪一口一口吃完了那碗面，喝掉了那碗汤，吃光了里面细碎的葱花和猪油渣。

我也记得小时候，外婆在钨矿做电话接线员，她每天带着我去上班，看我把各种线乱插一气，然后她又笑眯眯地把所有的线一一归位，从不责怪我。她嗓门很大，总是很大声地夸我事情做得很好。有一年聚会的时候，有亲戚说看不懂我写的书，原来写书那么容易，她也打算写。我一时语塞，外婆直接怼她："我外孙就算写得不好，也会有人看。你就算写得再好，也不会有人看。"我语塞变"心塞"，外婆为了帮我，真是杀敌一千自损八百。

外婆在我记忆里总是精神矍铄，冬天为了节约煤气居然洗冷水澡，我一说她，她就大手一挥说没事啦没事啦，都是可以的。这样的外婆在人生的后十年中,遭受了三次重病,都硬挺过来了,但说话的嗓门越来越小。前些年,她递给我一个红包,笑了笑,啥都没说。那个红包我一直留到现在,因为那也是她在彻底丧失记忆之前,给我封的最后一个红包。

除此之外,我人生中很多的窗户也是被他们打开的,他们让我感受到了和同龄人不一样的人生。

奶奶会带着我去路上捡大货车颠簸掉下来的煤,而煤也是司机故意颠下来给煤矿家属捡的。

爷爷教我如何又快又紧致地做卷烟。

外公养了一院子的植物,他把名字一一告诉了我。

外婆嘴皮利索,我从小吵架就学了她,根本吃不着亏。

外公给了我观察事物的细腻,爷爷让我对文字产生了兴趣,奶奶让我明白了分享是多么重要的事,而外婆则培养了我在混乱下敢乱拳打死老师傅的勇气。

写到这儿,我似乎能明白为什么他们走的时候,我没有眼泪了。

眼泪是平日情感的积累,情绪到了不得不释放的时候,只能化作眼泪喷涌而出。眼泪里包含了很多情绪,感动的、悲伤的、遗憾的、愤怒的……而我没有眼泪的原因是,我对他们的情感早已变成了一个一个具体的回忆,而这些回忆都被转化成文字，一一慰藉着我的人生。

我没有情绪的积压，没有不得不释放的悲怆。我的眼泪不必在表面喷涌，它早已在我内心深处慢慢流淌，那块凹凸不平的巨石也早已被涓涓细流磨得平滑温润，在暗处闪烁着暖暖的幽光。

有些悲伤如黄河奔流，有些却以静默的方式悄然存在。

如同我写下的文字，或许每个字都是一滴泪，这些泪里是爷爷、奶奶、外公、外婆生前的一言一行、一颦一笑。

我大概也明白了，哭泣或许不是唯一表达爱的方式，感恩、怀念、延续他们的精神、活成他们希望我活出的样子是更为持久的方式。

写到这儿，我哭了。


写在出版之前：

这篇文章的最后一句话本来是"我想他们了"。刚读到结尾时，发现自己已泪眼蒙眬，便把最后一句话改成了"写到这儿，我哭了"。但这种哭也不是察觉自己已经失去了他们而哭，而是因为他们感到幸福而哭。

活着的意义是什么呢？大概是一个人离开这个世界的时候，能给其他人留下继续生活下去的养分吧。

既然要分别，那相遇的意义又是什么呢？大概是被你改变的那个部分代替你留下来陪着我一起继续面对人生吧。

## 我们不会老去，只会失去

### 1 希望每个跌宕起伏的故事都有一个好结局

看了一本书叫《豆子芝麻茶》，里面只有五篇故事，讲三个在婚姻中受尽苦难的女性和关于两位至亲的生前回忆。故事的时间跨度不是五年、十年、二十年、四十年，而是写完了人的一生，不是从生到死，而是作者笔下的人物经历的苦难足以填满一生。

如果是虚构的也就罢了，翻开简介一看，作者杨本芬，花甲之年开始写作，今年八十四岁，这是她的第四部作品。

在写给胞兄的文章最后，她写道："我出了三本书，要是哥哥能看到就好了，你会为我高兴的。要是我能亲眼看到你正儿八经坐在书桌前看我的书，我该有多高兴啊。"

我眼泪一下就出来了。

有些文字本身并不带有故事性，但它却有一个美好的结局，还有什么比一个跌宕起伏的故事拥有一个美好结局更令人觉得安慰的呢？因为这个结尾，你会觉得所有发生的苦难都不算什么，他们经历了人生的种种磨难，如果最后能安静地坐在书桌前读一本关于自己的书，那也不枉人生走那么一趟。

## 2 很遗憾你看不到我老了的样子

前两天，我玩了一下自媒体的老年特效。特效将屏幕上下一分为二，上面是八十岁的我，下面是此刻正在拍摄的我。第一眼看过去，先是愣住，不敢相信自己老了的模样。然后笑一下，笑的这一下不是觉得老了的自己很有趣，而是遇见了八十岁的自己，我想和他打个招呼，那是一种礼貌。于是他也对我笑了一下。

之后呆呆地看着自己八十岁的脸，突然情绪就涌了上来，不是害怕自己老，而是百感交集，心里瞬间有了无数种猜测，这些年我经历了什么，如此白发苍苍，满面沧桑。

而后，眼眶湿润——我身边的那些亲人，是不是这时已经不在身边了？

不敢再想，立刻关掉特效，把眼泪逼回去，希冀轰鸣声能渐小，时间能永远停止在这一秒。

只是那一道又一道在眉间被岁月刻下的痕纹，刻在脑海里深之又深。

到底是因为时光的流淌和冲刷,最终冲开了青春的堤坝,还是因为后来我的人生发生了某种变故,所以用如此深邃的姿态纪念那段难行的路途?

不得而知。

我本想把这段视频发给爸爸看的,想问他:"爸,你看,我老了像不像你?"

恰巧看见视频底下一条留言:"那天弟弟在玩这个特效,正准备关掉,这时妈妈凑过来,说:'让我再多看一眼你老去的样子吧,等你老了,妈妈就看不到啦。'"

算了,还是不发给爸爸了。

不想他为自己难过,也不想他为我难过。

还有一条留言:"刚打开看了一下自己老的样子,我姐一瞬间泪流满面,死死盯着手机。我一回头,姐姐告诉我,四十年了,再也没有看到我爸爸的样子,今天突然看到我老去的样子和爸爸一模一样。对我来说,爸爸模糊的样子已经不记得了。决定去打印一份我老去的照片,想爸爸的时候就看看。对我来说,六岁失去了爸爸,真的不知道父爱是什么感觉。等我下去后,会不会找到你?还我父爱,爸爸爸爸爸爸爸爸!"

看到最后那句"爸爸爸爸爸爸",那憋回去的眼泪瞬间落下来了，啪嗒啪嗒。

是为自己，也为家人，也为通过自己的老年看见爸爸的他。

## 3 把野心埋在地里，开出了最洁净的花

家中的亲戚，我最佩服的是我的小舅。

我对他的佩服分了两个阶段。

第一个阶段是我小时候。那时我住在江西钨矿的外婆外公家，小舅就天天带着我，每次出门，他的朋友都对我好得不得了。小舅对我也严格，只要我犯了错误，他就把我关进小黑屋，让我自己面壁思过。小舅学习好，体育也好，不负众望考上了大学的化工系，毕业后开始干起了科研，不到三十岁就成为一家水泥厂的厂长。有这样的小舅，我自然是很自豪的。

后来水泥厂改制，他决定自己出去和朋友创业，做了好几个项目都无疾而终。

日子过得飞快，他的意志也一点点地消沉，开始变得喜欢喝酒，喝了酒就大声说话。他在他的中年失意中挣扎，我在我的青春前途中迷茫。那些年我也很少和小舅见面，只是觉得他好像已经不是我以前认识的那个小舅了。

后来外婆搬到了湖南郴州居住，身体慢慢变弱，一次因

脑梗塞摔伤后，小舅只身一人从广东过来照顾外婆。

本以为只是照顾很短一段时间，可外婆的身体反反复复，一会儿特好，一会儿又忘事，小舅总是广东、湖南两头跑，实在累得不行，就决定干脆不跑了，陪着外婆。

那几年，我回家和小舅喝酒，喝着喝着聊到小时候的事，我就说自己心里的小舅是怎样的，把他吹嘘一番。小舅心里很得意，嘴上却说好汉不提当年勇咯，现在老了，不行了。

然后我就立刻接住他的话茬，说他一点都不老，其实完全可以去做更多的事情，夸他性格直接爽快，不应该每天只是照顾外婆的起居，我们也可以请阿姨来照顾。

说了好几次之后，小舅也没同意，说外人总不如自己，于是我也作罢。

外婆是去年走的，算算时间，小舅照顾外婆十来年了，他从两鬓略白到现在满头白发，他说他尽力了。

小舅真的以一己之力把外婆最后的日子硬生生地拉长了，让外婆看见了家里的第四代，让外婆看见了电视上的我，让外婆第一次坐上了飞机，看了故宫，爬了长城，逛了颐和园，三番两次把外婆从鬼门关拽了回来。

上次我约朋友们来家里喝酒，小舅也在，喝着喝着，一位朋友说："你小舅的性格真豪爽啊。"

我接过话，开始说小舅过去的光辉事迹，说小舅是如何教育我的,大家哈哈大笑。

然后也不知怎的,我就说:"不过呢,我刚才说的那些事都不是他最厉害的,最厉害的是,他为了专心照顾外婆辞职来郴州。他以为只要照顾半年一年,没料到这一照顾就是十几年,他毫无怨言,把外婆照顾得很好很好。如果没有他,可能外婆早就离开我们了,如果没有小舅,可能我们家也不会像现在这么团结。"

我说着说着就哽咽了,再一看小舅,他早已泪流满面。

小舅完全是用自己的人生为外婆又搭了一座桥,外婆在桥上看着我们这些晚辈每日忙碌,还不忘叮嘱我们不必分心抬头往上望。

我想在小舅的心底深处一定也有自己的不甘,但为了妈妈,他只能做这种选择。

人生的尽力而为,不一定是在世俗意义上取得了多大的成功,吸引到了多少人的眼光,如果能将自己的一颗野心、一腔热血挖个坑埋进去,从此不念不顾,不遗憾不抱怨,安稳去过自己决定的人生,又何尝不是一种峥嵘人生。

写在出版之前:

这本书我改着改着有一种异样的情绪,以往的文字都只针对当下和过去,像拿出放大镜仔细审视每一个人生阶段的细微之处，期许从中找到一些连接未来的意义。而这本书的文字却像拿着针线将时间一前一后缝合重叠了起来。

刘亮程老师写过一段话："所谓永恒，就是消磨一件事物的时间完了，但这件事物还在。时间再没有时间。"

我乐观地想，成长中迎面射来的漫天的箭没有阻止我前进，人生路不熟的环境中面对低氧还在持续爬行，面容狰狞的好事者、语言歹毒的刺伤也没能让我停留在过去，如今这些景象早就幻灭了，是不是说明我也应该将它们消磨殆尽了，对它们来说，我也算永恒。

过去毁灭我的已经没了，可我还在。未来毁灭我的，正在路上，我也习惯了。

有读者问过我："你觉得你的人生顺遂吗？"

我说我的人生很顺遂，不是没有遇到过挫折，我遇到的挫折可太多了，但每次遇到挫折，我的心态都能随机调整，用难听却易懂的话来形容就是，哪怕生活给我喂了一坨屎，我也要用很好的胃口吃下去，然后消化掉。你不偶尔委屈自己，生活就会一直委屈你。你要变得柔软，要像一阵风，能绕过山，绕过墙；也要像一杯水，能渗透，能蒸发。你需要变成各种样子，但你也要知道自己原本的样子。

## 那就把同一句话重复写一百遍

我很喜欢一位女歌手，从高中至今，无论我的手机如何更换，第一时间必定要将她的几张专辑在音乐软件里下载到手机上。很多人听说我一直很喜欢她，觉得奇怪，奇怪的原因无非是——她早就过气了。我反倒觉得他们奇怪，如果我喜欢一个人是因为她很受大众欢迎，那我的喜欢又算什么喜欢？不就是跟风吗？

在一个人还未被大众知晓时，你就发现了这个人身上的光。在这个人风头正盛时，你退到一旁默默欣赏。在这个人走下坡路时，你依然对他最初的光彩念念不忘。这种才叫真的喜欢吧。

总之，这位歌手的前几张专辑，无论何时，只要我一听到，就觉得心情好得不得了，她在音乐里释放出来的情绪也毫不做作，真实可感。

大概也是一瞬间发生的事，当这位歌手红了一段时间之后，便想着转型。此后她的音乐虽然也不错，但和歌手本人并不相称，随之而来的是歌手的造型，也一个劲地挑战"新鲜感"。肉眼可见地，她不仅没有转型成功，反而失去了本身的魅力，事业跌落谷底。

此后多年，我常常看见音乐论坛有讨论她的帖子，问她为什么突然就消失了。很多人回答了很多原因，我特别想留言说："因为她放弃了她最厉害的东西。"

前几年，她宣布复出，我充满了期待，只要她亮出她的王牌，就没人是她的对手，这与她年纪多大无关，而与她自身的性格有关。没想到，她复出后的几首单曲没有一首与我期待的相似，从她的访谈中我甚至能明确感觉到——女歌手觉得自己年纪大了，想让大家看到她成熟后的样子。

王尔德在《自深深处》里有一段评价他情人的话似乎能解释这一切，他说："你的缺陷并不是你对生活懂得太少，正相反，你对生活知道得太多了。开满鲜花、清新如晨的少年时光，它的纯净清澈的光束，它的天真无邪的喜悦和憧憬，所有这些都被你置于脑后。你迅捷地从浪漫跑入现实，阴沟和生活于阴沟中的生命开始吸引你。"

我们当初都是以清新如晨的少年时光被世界看见，却又在自己被看见之后，恨不得第一时间褪去身上的天真无邪，用老练世故去拥抱世界。

在我看来这位女歌手如此，这世间多数人如此，连我自身也是如此。

在写这本书之前,我花了一年多的时间构思一部长篇小说,已落笔数万字。

朋友问:"你为何突然打算写一部长篇小说?"

我说:"就觉得应该写了。"

熬夜多日,天空泛蓝时,我问自己:"为何一定要写这部小说?"

我以为自己的答案是:"非写不可。"没想到我脑子里却出现了其他答案——似乎是我爸曾对我说:"你能不能写点不一样的?"也似乎是朋友对我说:"你看谁谁谁,一直在写小说,还能被改编成电影、电视剧。"也或者是我自己对自己说:"我想证明一下自己给别人看。"

以上无论哪一种原因,都不是我要写一部长篇小说的必要性。

除非是这个故事让我念念不忘,深入灵魂,提笔千言万语,可如果仅仅是抱着"我想写一个不一样的东西给你们看看"的目的,我甚至还没感受到创作的自由,便已大半个身子陷入了沼泽之地。

这么想着,我果断关闭了长篇小说的文档,新建了文档,写下了这本书的第一篇文章《清理自身的藤壶》。为何我自觉人生越活越累，不正是因为自己在成长的过程中过于在意他人的目光吗？我又从清晨写到中午，长舒一口气，这才是我真正想要表达的东西。

二十岁出头时，觉得人要突破自己，必须多尝试，去找到自己擅长的部分。

三十岁出头时，觉得人要突破自己，就要多坚持，在自己坚信的部分驻扎下去。

没想到随着年纪越成熟，对事物的理解反而越偏执，三十五岁之后居然会认为人要突破自己，就必须挑战别人的瞧不起。

兜兜转转一大圈，人生也因此进入了长达两三年的不自信和迷茫。

后来我总算想明白了，人要突破自己只有一条路——必须在自己擅长的路上持续走下去，挖得越深越好，走得越远越好。绝不是放弃自己本身开辟出来的那条路，转而跑去别人的地盘，把别人挤走。

前段时间有人问我："你还打算继续写青春写多久呢？"

我说："我从来没有觉得自己在写青春，我只是在写不同时期自己对人生的感受，我的心态就是如此，哪怕到了八十岁,只要我还是这样的心态,我写出来的东西可能依然都是青春的。"

那一刻,我人生的很多疑惑似乎都迎刃而解了。

陈丹青在某个采访中说:"我也不求突破,那是句大话,突什么破?大部分艺术界的行话漂亮话我都不上当的。我亲眼看见多少哥们儿为了突破,弄得不像人样。"

作家白先勇也说:"一个作家,一辈子写了许多书,其实也只在重复自己的两三句话,如果能以各种角度,不同的技巧,把这两三句话说好,那就没白写了。"第一次看到时,不理解他要表达的意思。后来突然想起这段话,特意又去翻了出来,原来自己的困惑早被写下了答案。

作为作家,你可以去尝试不同的东西,你也可以一直围绕自己真正想要表达的部分,翻来覆去表述得更清楚。这世间的路有很多,条条都是通途,你只管放心大胆地迈步子就行。

作为人,更是如此。

我觉得自己是很幸运的,人生跑了一圈,跌跌撞撞又回到了自己的赛道上。很多人跑着跑着,就再也没有跑回来。

写在出版之前:
做自己擅长的,不是让你重复自己的工作,而是要在自己本身已经挖出来的矿洞里再继续深挖一百米，再一百米，再一百米。

我突然想起以前做电视节目的时候，领导问了我一个问题："你天天做日播节目，已经很得心应手了，但你一期节目的预算到头也就是十万、二十万，我现在给你一百万让你做一期节目，你这个钱花得出去吗？你知道怎么花吗？"

我突然蒙了，我从未想过这个问题。我已经习惯了花很少的钱去做节目，但如果让我花更多的钱去做，我应该怎么提升节目的内容呢？领导的意思就是我总在原地打转，从未想过升级手里的工作，一期十万的日播节目和一期一百万的日播节目，差别在哪里，那个差别就是你深挖的自己。

你首先要找到自己擅长的事，然后不停地让自己在这件事情上迭代升级。

所谓擅长，是你做一件事情比别人做这件事情更轻松，角度更刁钻，做出来的气质更为独特。做自己擅长的事，不是让你待在自己的舒适圈，舒适圈是简单的重复，做自己擅长的事是深挖内心。

做自己擅长的事，不要被他人的意见影响了，不要和别人去比较，集中你的精力，专注你的目标，你是你人生矿洞里唯一的矿工，务必坚持挖下去，不然你矿里那么多的资源就荒废了！

做自己擅长的事！做自己擅长的事！做自己擅长的事！

做自己擅长的事！做自己擅长的事！做自己擅长的事！做自己擅长的事！做自己擅长的事！做自己擅长的事！做自己擅长的事！做自己擅长的事！做自己擅长的事！做自己擅长的事！做自己擅长的事！做自己擅长的事！做自己擅长的事！做自己擅长的事！做自己擅长的事！做自己擅长的事！做自己擅长的事！做自己擅长的事！做自己擅长的事！做自己擅长的事！做自己擅长的事！做自己擅长的事！做自己擅长的事！做自己擅长的事！做自己擅长的事！做自己擅长的事！做自己擅长的事！做自己擅长的事！做自己擅长的事！做自己擅长的事！做自己擅长的事！做自己擅长的事！做自己擅长的事！做自己擅长的事！做自己擅长的事！做自己擅长的事！做自己擅长的事！做自己擅长的事！做自己擅长的事！做自己擅长的事！做自己擅长的事！做自己擅长的事！做自己擅长的事！做自己擅长的事！做自己擅长的事！做自己擅长的事！做自己擅长的事！做自己擅长的事！做自己擅长的事！做自己擅长的事！做自己擅长的事！做自己擅长的事！做自己擅长的事！做自己擅长的事！做自己擅长的事！做自己擅长的事！做自己擅长的事！做自己擅长的事！做自己擅

长的事！做自己擅长的事！做自己擅长的事！做自己擅长的事！做自己擅长的事！做自己擅长的事！做自己擅长的事！做自己擅长的事！做自己擅长的事！做自己擅长的事！做自己擅长的事！做自己擅长的事！做自己擅长的事！做自己擅长的事！做自己擅长的事！做自己擅长的事！做自己擅长的事！做自己擅长的事！做自己擅长的事！做自己擅长的事！做自己擅长的事！做自己擅长的事！（默念一百遍）

自　语

千万不要被这个时代带跑了,觉得什么都想做。你就稳住,去做自己喜欢的,擅长的,如果没有机会,那就不要机会。你就按照你的心意每天去做,每天都有进步,就跟时尚会复古,音乐会回潮一样,你擅长的部分总有一天会来到。

别急,这是另一个时区的白天,你的夜晚。好好睡一觉,醒来大干一场就行了。

Chapter 3

飓风

过境

WAITING
FOR
EVERYTHING
TO
CALM
DOWN

---

你总会遭遇一两场飓风,将你过去坚定的信念摧毁,将你赖以生存的避难所连根拔起。

一无所有指的是你失去了一切,也指的是你两手空空随时可以拥抱一切。

一贫如洗说的是人生贫困得如清水一般纯净,却也说明你无须再被层层过滤。

飓风不仅会带走你视若珍宝的一切,也会带走这些年你舍不得扔掉的废弃品。

一次断舍离也是一次新生,这也是飓风过境的意义。

## 就算不停摇摆，都觉得是爱

从父母家翻出了大学时期的纸箱，里面有一些信件。

那时已经开始流行电子邮箱，但总觉得用电子邮箱来解决问题过于干净利落，所以依然习惯在身旁备着纸笔。

想要表达内心的一腔情愿，光靠嘴是不行的，嘴能解释，会辩驳，总沉默，最要命的是还老会射出一两支让人与人关系彻底崩塌的冷箭。

纸总能先吸附满满一整页的情谊，而书写的笔迹无论是工整娟秀，还是龙飞凤舞，或是潦草走形，总是能让人安心自若，有耐心读完的。

大概是为了避免父母闲暇无事产生了解我的冲动，纸箱底死死压着几封这样的情书。

看样子，他们是没有翻开过。

时隔多年再次阅读，忍俊不禁。信里二十出头的那些相互指责和不理解，经过了那么长的时间，早已尘埃落定。我看都花不了二十年的时间，十年？五年都已泾渭分明。

当时交往的对象写了一手好字，我们最后一封信的最后一段，对方写："我们冷静一段时间，如果几年后再遇见，也许我们都成长了，有耐心了，能理解彼此了，再续前缘也好。"

这一段写得真挚，我已忘记了我的准确回复是什么，但我一定表达了"当我们成为更好的自己时，希望还能再遇见"之类的意思。

写断交信的时期，是我找工作的日子。前途未卜，对自己擅长的部分也很不确信，心里隐隐有一个方向，但说又说不明白，类似于做梦时遇到的某个场景，熟悉却没有细节，说出来就显得很可笑。

当时我把简历投了民企，也想进电视台。大概是这样的原因，对方觉得我考虑问题不够周全，某次聊天时，不小心漏了一句："如果被我家人知道你在外省的民企工作，他们多少会觉得不够稳定。"

那一刻我心上被对方用爱这把刀割开的部分，立刻痊愈。

爱情对我来说意味着什么呢？大概是我可以不信任自己，可以糊涂，可以犹豫不决，可以瞻前顾后，但你不行。你需要看到我深处的灵魂，看到我心底的呐喊，帮我把万千思绪中那几条最活跃的念头给拣出来，织成更结实的信念，再把信念织成网，能帮我们网住未来的一些什么。

你不能让我愈发贬低自我，你不能把我放在晒场上晾着直至脱水，每次和你相见完，我不仅要期待下一次的你，我更要期待下一次更好的自己。

没有爱情的我，独自起高楼，为了有朝一日远眺人生。

有爱情的我，会和你一起建一座稳固的桥，横渡人生的流沙河，能前往你所在的对岸感受你全部的人生。哪怕晒到和你一样的日光，也是一种别样的喜悦。

以上，我于对方也一样。


信里说给彼此一些成长，有缘再见。

我甚至分不清，这到底是分开前彼此留的一些颜面，还是确实有放不下的某些部分。

但即使放不下也放下了，留着的那点余地也只是在信里，现实生活中转身就不再联系。

歌词里曾说："寄信人也是我，想象你可能关心我。（写给你的那封信）仿佛船漂向海，就算不停摇摆，都觉得是爱。"

"就算不停摇摆，都觉得是爱。"二十出头还真是这样，觉得爱应该是阳光的模样，所以任何能组成阳光的色彩、光谱的波长，都是爱本身自带的部分。爱可以痛，可以心酸，可以无助，空荡荡更是自然而然。

大学毕业后，我们没有再见过。也会在很偶然的情况下，朋友聊起对方近况，问我会不会觉得遗憾。

说真的，没有一丝遗憾。

那时我并没有去民企工作，而是进入了电视台当娱乐记者。

每天休息时间不到八小时，其余时间都在工作和在去工作的路上。

我能想象到对方得知我的近况后，笑着说："娱乐记者？还不如去民企呢。"

我也能想象到如果我们还在一起，我根本没有办法解释为什么我需要花如此多的时间在工作上。

我突然觉得我那一段写在信上的感情不应该是爱，爱应该就是在无法解释的时候不必解释。如果硬要赋予一些意义的话，应该是两个都看到了彼此的优点的人，发现并不身处一个世界，也不愿意去往同一个世界罢了。


有些人的样子一看就能拥有很多爱。

每每看见那样的人，我都快速把头扭向一旁。

每个人一生的土地上，都会播同样数量的种子，你选择在哪里有更多的收成，必定在其他地方会略有贫瘠——我是这么劝慰自己的。

只是后来猛然发现,别人的土壤无论是透气性、养分、pH值都比自己的好。

我何来底气和他们比一年的收成?

唯有四季低头,去改良自己脚下的那片土壤。

爱情,或许在那几年短暂地来过,却又被田间地头无尽的劳作给吓跑了。

不敢对喜欢的人说"我对你感兴趣""我喜欢你""我爱你"。

总觉得把"我"放在主体位置,去说自己的想法,是一件居高临下的事。

我怎么有资格说出这种颐指气使的话?我怕对人造成惊扰,令其仓皇而逃。

我总是怯弱地试探:"你觉得我怎么样?""讨厌吗?""觉得哪里还行?"

第一个问题对方避而不答的话,我也就非常识趣地将话题引往另一个目的地。

假使对方有足够耐心回答我的问题,我才能确保自己并不让人厌烦,才敢说:"你觉得我俩……"

"我俩"后面的省略号是真的省略号,我说不出"要不要试一试""要不要在一起""要不要谈恋爱",在感情上,我总是过于看轻自己,把决定权交给别人。

想起来，其实我也是有一些微光的。

当时在师范大学读中文系，发表了一些文章，被介绍的时候常听到的句子是"这就是我跟你说过的那个中文系的大才子"。

大才子肯定不算，才子也需要踮着脚去假装，但每次被这么介绍之后，多少会开启一些话题。"你平时都写些什么？""发表过吗？""哪些作家可以推荐一下？"

借着这点微光，我收获了一些好感。

但无一例外，这些好感起不到决定性的作用，纵使在只有两个人的环境中，对方的爱也只会酌情给我斟半杯酒，我看着对方手里的酒盅，还剩不少，眼神里透露出"为何不把酒满上，今夜畅饮"，对方总表示"微醺就好"。

微醺就好了吗？爱情难道不应该大醉，大哭，大吐，然后昏昏沉沉，第二天醒来能看见彼此狼狈的样子吗？

过了很多年，我和朋友们坐在一起喝酒。

喝酒是件愉快的事，尤其是遇见自己喜欢的朋友，每一杯都满上一饮而尽。

这样不是很快就醉了吗？对，这么做只是想让自己失态，想立刻拍着对方的肩膀说："我好喜欢你啊。"但这句话，不喝酒是说不出来的。

难怪我喜欢借着酒劲，把平时压在心底的那些情感表达出来。

也希望对方借着酒劲,能把对我的喜欢露出一些马脚。

不给自己机会,也不给我机会,这不算是爱情,是一种情感拉锯战。一地细细碎碎的木屑,其实还保有一些清冽的香气,只是风一来,将气味带走,也把木屑吹得一干二净。

我懂事太晚,进入大学后才第一次认真思考人生的各种要素与名词。

进入社会之后,又几乎把所有的精力都放在了工作上,偶有一些交际,也很快被剥离,我习惯了总是一个人。

那段日子,也有人对我表示过好感,但这种表达大多数都表现得很随意。

大概是"你单身吗?处处?""我觉得你还行,要不咱俩谈谈?"这样的试探。

说这些话的人,有人出乎我的意料,有人让我觉得高不可攀,还有人让我觉得简直荒唐,但无一例外,我表达了"不合适"。后来想起,多少会感到一些遗憾。

直到遇到了现在这一段稳定的关系,我才明白,其实没有什么人与什么人不合适,只要两个人相互尊重,彼此能接纳对方走过自己的生命,做一次横渡到对岸的尝试,能有共同的愿景去达成想要的生活,即可。

所以说遗憾其实也算不上,当时我只是拿自己对别人的喜欢做了一个比较——如果我想和一个人在一起,我会写一封长长的信，说一些自己之所以喜欢对方的细节，想象一些两个人如果能在一起的画面，就算不能在一起，这也是我内心的想法。

我不想给自己留太多可回旋的余地，既然决定只有一次机会表达，那就尽量真挚，足够耐心，只要对方不轻视和践踏我的好感，我都觉得没关系。

所以当有人说我不错时，那种随意、简单的表达会让我觉得太薄了，薄到像花园里自动喷洒的水雾，什么都遮不住。

如果你问我在爱情里，到底什么最重要？我觉得如果对方不是你天生就厌恶的长相，那最重要的就是对方展现在你面前的所有细节。

人对皮囊的欣赏不过三年，任何事情只要久了，都会变得平常。

细节才是能撑满人与人余生的支架。

信纸翻过来，上面还写着一句话："我是爱你的。"

当时我看这句话，复杂的情绪瞬间被熨平。

而隔了那么多年再看到，心头依然觉得有暖意。

写信的人性格带着傲气，交流时总带着一些优越感，我也曾问过："你到底爱不爱我？"

但对方总是不予作答。

这封分手信写尽了不能在一起的原因。我猜，对方在将信纸装进信封的一刹那，可能突然觉得信里写的那些原因都不算真正的收尾，所以才最后补上了这句"我是爱你的"。

我后来一直在想，这句话到底是为彼此留了回旋的余地，还是彻底为这段关系封上退路，不得而知，也没有机会问。

只是，如果在关系中的两个人，一个人感觉不到对方的爱，还要通过问题来确认的话，我想，这大概也不算好的爱吧。

**写在出版之前：**

到今天，如果你问我爱是什么，我想我对爱早已不再去下定义。没有那么多细节和规矩需要遵守，你们待在一起，能感觉到对方对自己的尊重，能感觉到对方在努力生活，愿意陪你去面对一切，就够了。爱不是激情，是相处不厌；不是浮华烟火，是寂静之湖；不是玫瑰芬芳，是黎明的清新；不是甜言蜜语，是远处山谷中的轻声细语。

## 没有一次，浪在赶着上沙滩

音乐软件里突然跳出郑兴的《抵达之谜》，不闹，不喧嚣，旋律和浅唱像海边的浪，一层一层缓缓堆积，不慌不忙，没有一次，浪在赶着上沙滩。

有些歌手的歌，听得不多，但每次听到总是会停留，很认真地看看歌词，看看整张专辑的文字解释，就知道他又走到了人生的哪个阶段。

简单地猜想着，也不想了解更多，若即若离或两两相望就是人与人之间最好的状态。

写这本书的时候，我在小镇上工作了三个月。当初决定选一处安静的地方工作是为了逃离不必要的交际，一晃三个月过去了，鲜有朋友找我。我尴尬地意识到，不是我逃开了交际圈，而是本来我就不那么被人需要。

也是。偌大的北京城，人人都从四面八方奔赴而来。

路途遥远，时间也拉得长，为了轻装上阵，这一路他们扔掉了不切实际的理想，扔掉了毫无必要的幻想，对他人不做期待，对命运的转折也冷眼旁观。

本来人人一身装备想要在大城市大干一场，最后却在沙尘暴中丢盔弃甲。要轻，要简单，才能活下去。

后来意识到，成年人与成年人的相处就像止鼻血，哪里有纸就随手抽一张捻成柱状，能塞进鼻子就行。

但还没意识到友情就像止鼻血时，之前的每个年龄阶段都有走得很近的人。

以前把所有走得近的人都称为朋友，也是后来才意识到，这不是友情，这是生活的难题将一群人推到了一片海里，你们恰巧搭上了同一根浮木而已。

后来，人总是在后来变得冷漠又强大。

我想起了一个叫右右的朋友。当时我被外派到上海工作，住在连锁酒店锦江之星里，突然想起大学同学右右好像在上海，便问到了联系方式。

那段时间，我常常下班后去他的出租屋吃饭。他和他的女友，还有我，俨然成了一家人。

我带着啤酒、卤菜、刚出炉的面包，穿过小巷，走过巨鹿路，在一大片民居里找到他们那一间。

我们后来走得很近，不是时间让我们习惯了彼此，而是我们站在出租屋的阳台上，看着繁华的上海夜景，都不知道自己的位置在哪里。在大城市溺水的感受是共通的，相互鼓励活下去的语气也是真诚的。我们都不了解彼此的行业，却愿意花上一个小时听彼此抱怨。

我和右右喝着酒，吃完了晚餐。又喝着酒，聊完了梦想。

右右的女友从厨房端出了两碗面条，说："以后一定要有大的厨房，我就能给你们做更好吃的东西。"

后来我又被调回北京工作，临走前一天，我去右右家吃饭作别，说回头我们都要用变得更好的样子相见。

后来，我和右右、他女友再也没有见过。

即使我去上海出差，也因为停留的时间太短，联系后发现时间对不上，只能作罢。

似乎，成年人的"只能作罢"有效期只有两次。

一旦超过这个次数，你们彼此就将对方从自己的生活中删除了。

右右和他女友应该结婚了吧？应该也住进了自己心仪的房子，有一个大的厨房。也不知道他们聊天时是否会偶尔提到我，以及那个落寞的初秋。


还有大潘，是我被公司转去做广告业务时的同事。

几乎没有人相信我能做出广告业务来，只有大潘相信。

他算是资深从业者，但每次我需要帮助时，他都会放下手上的工作来帮我。

我问他为什么那么相信我。他说："每次你跟客户说起提案时的激情，都让我很受感染。"

我说："那有什么用，还不是一个单都没签过。"

他没有安慰我说一定会签单，而是说："那又怎样？对你来说这也是一种学习。"言语中有一种中年男人的谨慎。

那时我没车，每次见客户都是大潘开车。经过了大半年的奔波拉扯后，一个重要客户明确拒绝了我们。大潘把车停在路边，很急切地想再争取一次机会，对方匆匆挂了电话。

路上车水马龙，我和大潘在车里一句话都没说。

"你觉得我们这样做下去，还有意义吗？"大潘问。

"说实话，我给了自己一年的时间，如果一年不行，我就辞职，彻底放弃。但，现在还不是怀疑自己的时候。"

大潘看着我笑起来："你真的随便说句话都能感染到我。"

失去那个客户最大的好处就是——我不再生活在"对方很有可能会签单"的虚幻憧憬里，而是变成了"居然今天还没有被拒绝"的死皮赖脸。

我和大潘的关系就是这样好起来的，随之好起来的还有我和他搭档谈下来的广告业务。

如果没有大潘，做广告的那一段人生应该是我职业生涯中最惨不忍睹的一段。

后来我调回了公司的节目部,大潘也因为儿子无法在北京上学而全家回到了武汉。

头两年我在武汉出差时,还会约他出来喝两杯。

他说他看到我在电视上做节目,很帅气,每次发言就像当初我谈客户一样,他很受触动。

他说他知道我的书开始变得畅销了,也买了好几本让我签名他去送客户。

但也不知道从何时开始,我和大潘就断了联系。

是我太忙,忘了回复他某个信息,让他误以为我走远了?

还是我埋头工作了好几年后,觉得两个人聊天的话题越来越少,也不知道从何联系?

其实这样的过程似乎也是不存在的。

就是突然断了联系。


我在文章里写过的张老头也是。

他是我在光线的前领导,教会了我不少东西。

后来他离职出去创业,又遇上了一场大病,痊愈后进入半退休生活。

我在厦门拍电影时和他又见面了。

那天,我和同事见了他,眼泪止也止不住。

那晚我们说了很多话，聊了很多关于未来的畅想。

可那天之后，我们只联系过一次。后来疫情三年，就再也没有联系过了。

我时常想：自己是不是有什么问题，为何曾经那么要好的朋友说不联系就不联系了？也常陷入自责，觉得自己不算是有情有义的人。

我是在什么时候释然的呢？

前两年，我的情绪跌落到最低谷，整夜失眠。那时才意识到，在意的新朋友多了，就会忘记自己这个"老朋友"。

放弃一些"老朋友"，才能重新认识自己这个"新朋友"。

自己要帮助自己走出泥沼，别的全都不重要。

工作不重要，朋友不重要，未来也不重要。重要的是当下的自己是否能睡一个好觉。

一个人，只有能睡好觉，才有更多的精力去面对更多问题。

正因如此，我写了一段话："好像和很多朋友都失联了，尤其是经过了疫情那三年，你会发现人在各自的命运里，其实也不是那么需要更多朋友。所以就算偶尔想起时，会觉得有些惋惜，但你一想到你没找朋友的时间，他们其实也没有找过你，瞬间觉得也就那么回事。"

比起失望，更多的是妥协。你会越来越接受曾经难以认同的事实，你也会发现其实自己也不如自己以为的那般重情义。

管好自己是你现阶段最重要的主题。

当然，趁这个时间，好好沉淀，不再陷入混乱的交际也是可遇不可求的时机。

我发表了一篇关于友情的文章，有一句留言很打动我："你们就这样安静地停止了这一回合。"

我回复："再也没有人想得起揭开友情这口锅。"

## 你看那蒲公英，起风了就散了

D对我说昨晚他在家，莫名其妙地就哭了起来。原因是他想起十年前那些一起来闯北京的朋友，现在离的离，散的散，十几个人的小团体现在还联系的也就两三个人，今年他三十岁了，觉得自己很失败。

我问他："为啥散了？"

他略带懊恼地说："真的是日久见人心，有几个朋友好像功利心特别重，需要我们的时候就用我们，不需要我们的时候就不出现，慢慢地大家都发现了这一点，就不再有联系了。"

他又说："好羡慕你，还有几个特别好的朋友，什么话都能说，大家情绪稳定，互相解决问题，各自工作也有声有色……"

我笑起来："你说的这几个朋友都是我三十岁之后才认识的，我三十岁之前认识的朋友，一起从湖南来北京的朋友，现在一个都没联系了，你起码还剩两三个。"

D羡慕我的洒脱，好像从来不为朋友的事情困扰。

二十来岁的时候，看到某本杂志上问了一个问题："爱情、事业、友情、娱乐，你如何排序？"

我当时的排序是：友情、事业、爱情、娱乐。

现在我再做这个回答，应该是：娱乐、事业、爱情、友情。

十年时间，人生的准则突然就走出了两个极端。

但爱情总排在第三。

我想当时是因为真寂寞，用现在时兴的说法是"缺少性张力"，就算强烈渴望爱情，也无济于事，喜欢自己的人不是没有，但我喜欢的，总不会把我当成第一选择，只有我介绍自己的职务和出版过的作品时，对方才会正视我两眼。

《泰坦尼克号》里，远远地，杰克被露丝吸引，一动不动地看着她。两人的目光碰撞在一起，但露丝立刻偏移了视线，这种偏移是权衡也是矜持，杰克目光如炬并未暗淡，继续看着露丝，过了两秒，露丝再次回过头，两人目光交织，一句话都不必说，电光石火开场。

谁不想这样，省去介绍，仅仅是一个人的状态、气场、外在就能吸引对方。

想是想，但自己也知道原因——本来就长得不够好看，还不怎么会打扮，身材也缺乏锻炼，毫无挺拔之感。

爱情排第三，是因为得不到，所以假装不想要。

友情从第一到最后，也是这十年心境的变化。

当时年少，觉得朋友是万能药，能解无聊，能解焦躁，能打发时间，能AA世间消遣。每天的安全感来自"北漂的我，虽然一切都很惨，但起码还有一群好朋友"，每天的期待也是"虽然今天过得不怎么行，但下班后还有一群好朋友"。

这么想是没错的，朋友也是没错的，但那时朋友的实质是抱团取暖，并非雪中送炭。

所以后来，任何一个人谈了恋爱，都是先把对象拉进朋友圈，然后再慢慢地一起消失在朋友圈；任何一个人升了职，先是迟到负责买单，然后干脆就不参加聚会了。

大家一个一个地消失，总有一天会轮到你。

你回头看，我们都是从某个春天的土壤里发芽，尽力盛放成一朵璀璨的花。

后来我们在大城市相遇，抱团，无惧炎夏。

我们又在相处中找到自己合适的位置，舒展筋骨，谈笑风生。我们像秋天旷野上一朵朵饱满而晶莹的蒲公英，摇曳生姿，每个人都想着如果能一辈子聚在一起该有多好。

可"蓄势待发"才是命运。

每颗种子都在成熟，每颗种子也都在等待一阵属于自己的风。

起风了，那就再见了。

一颗蒲公英的种子被带到了几万米之外，一颗蒲公英的种子被吹到了十几年之后……

每颗种子选择在不同的风里离开，而怀旧的那颗跌落在原地念念不忘。

大概是你，也大概是我。

当时分开，觉得天都塌了。其实那时才算是人生真正开始飞扬，离去并不代表背叛，而是你总要一个人去闯。

今天的我把友情排在最后，不是友情不值得，而是当我过了三十岁的年龄时，我愈发意识到——朋友本应就是青春期的抱团取暖。成人后，大家都自然把朋友放在心底，不会再挂在嘴边嗷嗷叫唤了。

把娱乐排第一，也是经过了一番深思熟虑的。

我发现身边很多人把人生的成熟都建立在对万物的看淡之上。

当你变得对一切都毫无兴趣时，你以为自己看透了世界，其实是你对自己不再有憧憬。

一个人无法想象出自己与世界的碰撞，便会剥离自己与社会的联系。

娱乐不仅是指消遣，也是指你对世界的好奇和探求。

我无法想象自己每天醒来，对接下来的一天毫无期待。保持愉悦的内心，前提是你永远都希望了解到未知的自己。

# 这一别，此生再难相见

以前我看到一张图片，两位老兵在火车站站台告别，车窗内的爷爷抹着泪，车窗外的爷爷噙着泪，挥手再见。

旁边写了一句话："他们都知道，这一别，此生就再也难相见了。"

当时年少，并不懂得其中的哀伤与动容。这些年，愈发看懂了自己的无力与人间真相。微时相遇的朋友，半夜常常微信聊天，相互鼓励。随着大家的人生各自走上正轨，哪怕在一个城市相遇，都鲜有相见的时间。

当然会为朋友事业上升忙忙碌碌而开心，也会为无法相见而失落。于是几个朋友下了决心："北京见不到也没关系，你下一站出差去哪里？我们必须见一面！"

真的见面了，几个人搂搂抱抱，大声喧哗，就好像回到了最初的相见，没有任何改变。分别时，拍拍对方的肩膀，说声"要加油哟"。

说完这句话，眼泪出来了，因为很清楚地知道，下一次的相遇也许又要很久很久。

前两个月和大学学姐见了面，两个人开心地聊了一晚上。分开后，她给我发了个信息："各自打车走的时候，我忽然流泪了。一则觉得幸福，二则怕自己没有资格接得住你对我的鼓励。"

三十岁的时候，会自行感慨：人生的路越走越远，相伴的朋友越来越少，说着下个路口再见，再见时只依稀记得对方的相貌，却无法将姓名脱口而出。我们在各自的生活里，一点一点抹去了对方的痕迹。

会觉得懊恼，也会觉得不甘，曾经那么好的关系，怎么就淡了呢？到底是自己太薄情，还是对方太寡义？说不清道不明，只能苦笑一下，去往自己的风景。

但最令我欣喜的是，一旦你过了某个埋头前行的年纪，抬起头时，你会发现曾经那些重要的朋友早已停留在原地，只等着你叩门而入。和谁相见都能背这首诗："绿蚁新醅酒，红泥小火炉。晚来天欲雪，能饮一杯无？"

散，是各自奔向了新人生。

遇，是我们带着各自的精彩去成就彼此的未来。

## 糟糕,我又被别人的热情冲昏了头脑

在健身房遇见了一个老朋友。

他的脸出现时,我立刻回想起十年前,我和他,还有他的爱人,以及另外几个朋友坐在一起聊天喝茶的场景。

他和他爱人特开朗,和他们坐在一起常有如沐春风之感。

啊,对了,他是音乐系的教授,作品还获得了好几次国内外大奖。

他真是一位不错的朋友啊,我们怎么就突然失去了联系呢?好像是我和作为中间人的其他朋友闹别扭之后,就没再联系过他了。应该是这样。

老朋友戴着鸭舌帽离我越来越近。

我立刻转过身,背对着他。

虽然我想起了所有我和他的友情过往,但我真的很害怕自己会脱口而出他的名字，然后他停下来，凝视我两秒，再一副喜出望外的模样，大声说："你怎么在这里健身?!"

于是我就要开始解释自己出现在这个健身房是因为我家住在这里，出于礼貌我也一定要问他为什么来这里。

为了表达自己的喜悦，我还要主动提及自己每日运动的时间，接着询问他的时间，再发出"怎么以前从来就没有遇见过你！"的感慨。

没准，他还会问我："是不是还在光线传媒工作？是不是还在做电影？最近出版了什么作品？"

其实这样问倒还好，我最怕他问："你现在在做什么？"

然后我就只能回答："还是在光线工作，然后业余时间写作，还是老样子。"

因为他问了我的工作，我就必须问他的工作。

总之，我们大概会用非常高纯度的热情和喜悦进行十分钟左右的对话，然后还要约下一次吃饭，下一次喝酒，下一次健身……

就算约好了，我们也很难实现邀约，而最尴尬的是，以后我们每次相遇都会重复一次"下次约吃饭"，尴尬到要命。

我的脑海里一瞬间闪过所有的结局，决定算了，哪怕十年没见了，我也不要叫出他的名字。

虽然转身的时候很果断，但心里依稀会觉得"我怎么就变得这么尿了，以前的我不是这样的啊"。

"刘同?！"身后响起了朋友的声音。

真的是他，他看见我了。

我深呼吸一口气，假装很懵懂地回过头，看见他的脸，凝视了一秒钟，脸上立刻堆满了喜出望外的表情。

一切聊天都如我所预想的那样发展，唯一不同的是，他是真的表现得很开心。

我一时怀疑他是真的很喜欢我，还是和任何人都这样交际?

我心里决定相信前者。

这么想着，我的心情也变得愉悦了起来，我们交换了彼此最新的动态，约了下次聚一聚。

我们就这么聊啊聊啊，感觉一辈子都不会结束了。

最后，我说我要去做有氧了，他说他要去做器械了，我们愉快地挥手作别。

我浑身都是汗，刚才那一小段交谈，消耗了我不少热量，我甚至觉得都不用再进行划船机的锻炼了。

我也不知道自己是从什么时候变成这样了——害怕和人

互动。

大概在十年前,我就开始不接电话,挂断之后会回一条短信说:"我在开会,不好意思,请发信息给我。"

而所有的微信语音,我也必转成文字,我担心里面会夹杂着某些情绪让我情绪不稳定。

我是不是对自己过于保护了?这没准是一种病。

写在出版之前:

我果然和这位朋友没有再遇到,也没有再约见面。我们就像十几年前见过的最后一面那样,给彼此留下了最好的样子以供怀念。也许我和他再见面,又会是十年后。想起那天他特别开心的样子,我觉得自己还是很有个人魅力的。嗯,就算这是他的交际手段也没关系。

## 我不缺热闹，缺的是无人理睬的独处

微信群一大早就有上百条信息，原来是其中一位朋友生日，大家约好了周末聚会。

因为要出差，所以就给这位朋友发了一条信息："预祝生日快乐，因为要出差，所以不能参加生日聚会了，见谅。"

朋友回了一条信息："没关系，那我可以趁机提一个请求吗？"

这简直是我见过的最趁机的趁机，实在没有比它更趁机的请求了。

我硬着头皮回复了一句："你说！"

朋友回复："我知道我们认识比较晚，所以在加微信的时候，你没有对我开放朋友圈，我心里总觉得你没有把我当朋友，在我生日来临之际，可以修改对我的设置吗？"

我一惊，立刻查看，果然设置了"朋友圈对其不可见"。

我立刻修改完,然后说:"对不起,我自己都没意识到,现在改好了,你可以看到我的朋友圈了,但是你知道吗?我根本就不发朋友圈!!哈哈哈哈。"

我关闭朋友圈一年多了。

自从我关闭朋友圈之后,整个人精神多了。

没有关闭朋友圈时,每天醒来就要点朋友圈上那个小红点,想看看周围的朋友都在做什么。

但其实他们无论做什么都和我无关,因为我的工作忙得要死,我只能在他们的动态底下留言:"羡慕""下次带我去""好想去""在哪里?"……无论对方回什么,我都不会当回事,因为我根本就不可能有时间去。

同行的朋友圈一律发的是:开机了,杀青了,热搜第一了,票房破纪录了,拿奖了……好事全被他们占尽了,看得我"心塞",对未来毫无想象。

我真的很讨厌每天都看见大家过得比我好,以至于我完全无法集中注意力去创造自己的幸福,工作着工作着就会放空——为什么大家都过得那么好啊?我是不是有什么问题啊?

花了很多时间,只想明白一个原因——是不是我不太会发朋友圈?

这么一想，就想尝试发个厉害的朋友圈。

什么是厉害的朋友圈呢？

就是图得让人觉得好看，但好看又不能显得刻意，必须流露出一丝不经意。

文案一定要让人觉得你很棒，但这种很棒一定不能有炫耀的成分，在彰显你低调的同时，又必须显示出十足的底气。

发个厉害的朋友圈就好像拿着一小盒砝码去控制天平，多了一个字就在左边加一克的砝码，多了一句话那就再往右边添两克的砝码，连选什么标点符号都能影响到整体的平衡。

一条厉害的朋友圈就是左右砝码数量不一，但重量却保持平衡。

一前一后，两小时过去了，你以为你全神贯注地完成了一次对彗星的监测，其实你只是发了一个点赞数二十的朋友圈。


尤其是疫情期间，每天憋在家里，很少和人交流，感觉自己变愣了。

写出的文字不够细腻，说出来的东西也不够有趣，每天都处于焦虑中。

而朋友圈则是压垮我每天的情绪的那根羽毛，把小红点刷完之后，把手机往沙发上一扔，心里只有三个字：烦死了！

不夸张地讲，如果朋友圈每压垮我一次，我就能收集一根羽毛，我现在起码有好几床羽绒被了。

为了不再让自己有情绪波动，我关闭了朋友圈。

不看别人是怎么生活的，也不想着给别人去展示自己的生活。

然后我的注意力开始集中，我愈发聚焦于自己手头的工作、眼前的内容，我的感受开始变得连贯，不再被外界打断。

那是一幅怎样的场景呢？就好像狂风大作的人生开始变得宁静，天空又开始飘落雪花，没有一丝微风企图将其吓跑，每一朵雪花都落在它应在的位置，不差毫发。雪慢慢地堆积，变厚，小时候的你从屋里跑出来，看着厚厚的积雪说："哇，可以堆雪人了。"

而每一个雪人都是你能记住的美好。在这个世界里，无风无浪无炽热的光，只有静谧美好。那是你可以下潜到的最深的海，也是你可以探知到自己内心的最安静的巢穴。

我把不发朋友圈的原因告诉了朋友，等着对方嘲笑。

没想到对方说："听你说完，我觉得太对了，我也不想每天看到别人都过得比我好。我立刻也关了。"

就这样，我多给一位朋友开放了自己的朋友圈，又让这个世界上多了一个关闭了朋友圈的人。

前两年算是我的人生低谷期，至今我也分不清是自己摔倒的，还是被外界的浪打翻的。但好在，人总会在低谷期进行自救。

既然只身在外，头晕目眩，那就退回到自己的小世界里苟活着。

既然无法在外面寻找到自己的意义，那就重新为自己造一塑雕像。

你总得信点什么。

人生的幸福不是和人比较，而是活在自己可控的生活里。

就像前文提及的那样，我关闭了朋友圈，不想看其他人的生活过得比自己好，不想和任何人比较，也不想浪费时间发朋友圈去证明自己过得还不错。关闭朋友圈从根本上让我从网络圈子里回到了真实的人间。其他人的人生不是不可以关心，但前提是我要先把自己的人生过得充实又有意义。

大起大落是人生，涓涓细流是生活。每天捡起一片碎在地上的灵魂，年末做成拼图送给自己，就是一种幸福、一种治愈。

朋友告诉我她前几年开始每年会买一个存钱罐，每天将零钱放进去，年终总能收获一笔惊喜。我在她的建议下，年初存了一笔定期，隔三岔五看一下利息，虽然钱不多，每天只够买一杯奶茶、一份盒饭，但我异常开心，可能是太久没有去在意这些小细节。这种肉眼可见的小幸福使自己每天拥有了固定的好情绪。

最好的弯道超车，就是在自己的赛道里提速。

专心做一件自己喜欢的事，才是安全感的来源。沉浸在自己感兴趣的事情里，会让灵魂扎根，让人生的枝条伸往天空，慢慢地，你越来越能扛外界的风，抵寒冬的冻。去年，我花了更多的时间看书和写作，才意识到，这年头谁都不缺热闹，缺的恰恰是无人理睬的独处。

做具体的小事，具体的小事能把你从胡思乱想中拉回现实。

学做一道菜，在聚会时为亲友露一手。去种一颗种子，陪它出芽，长叶，开花，你的心也会有获得新生的感觉。我种了柠檬，养了茉莉，看它们结了果，开了花，就像自己又有了生命。

你的快乐与任何人无关，你的情绪也不应该寄托在任何人身上。

  能给你快乐的朋友,也随时能让你不快乐,学会让自己快乐很重要。这一年,我减少了和好友的聚会,虽然每次和大家相见确实开心,但聚会结束回到家里时,巨大的失落感比快乐来得更猛烈。减少情绪起伏的频次,能让自己的生活变得更有规律。

## 如果你要求不多，朋友其实还挺有趣的

1

我发现，朋友并不是认识的时间越长，两人的关系就越好；而是这位朋友做了一件你根本想不到的事，如果这件事还与你有关，你大概率会觉得"这真是我一辈子的好朋友"。

小象在一个好友群里发了一张他去国外酒吧的照片。照片被朋友放大，圈了其中的物品出来，小象旁边放了一个大大的，与场合极其不相称的塑料袋。

朋友问小象："你去酒吧，为什么旁边还有一个那么大的塑料袋？"

小象说："因为刘同托本地的朋友买了很多打折的内衣裤和袜子，朋友转交给我让我带回国。昨晚无论我在哪个酒吧，这一袋子的东西都没有离开过我的视线！"

群里的朋友纷纷问我,到底是什么牌子的东西,值得我买那么多,值得小象这么做。

我假装没有看到群消息,给小象发了一条信息:"你真是我人生中最好的朋友呢!"

小象回:"哈哈哈哈哈哈。"

2

我还有几位朋友,二十出头就认识,关系还算不错。

后来我们的关系变得要好,主要是因为有一年我们把彼此的父母都约上一起出去旅行。

因为父母们在一起聊天很开心,所以孩子们的关系也就更紧密了一些。

父母每次见面都说:"虽然我们生的是独生子女,但大家的关系就像一家人,多好啊。"

然后我们几个孩子就说:"我们一定相亲相爱,无论大家是否有了另一半,我们一定相互照顾,绝对不让父母担心。"

因为我最年长嘛,所以一般组织父母聚会都是我来提议。

如果谁的父母来了北京,我也是第一时间请大家吃饭。

我一直觉得自己是兄长的角色,很多事情都是理所当然就做了。

但我万万没有想到,某次聚会,父母都在,大家喝了点酒,我突然就对其中一位朋友发难了。

我说:"每次你父母来,我都是第一时间请他们吃饭。可是你呢?只要你父母不来,你就不和我聚。感觉你根本就不在意我。"

朋友们突然愣住,可能大家都没有想到,我居然在吃醋。

我说完那句话后,也愣住了,我这是在干啥咧?到底是在抱怨,还是在刷自己的存在感?

朋友说:"哪有啊,你对我来说很重要啊,你是我最好的朋友啊。"

"你简直就是在放屁……"然后我就开始举例,说着说着,我就哽咽起来。

真是要了命了,其实我根本不在意我是不是他最好的朋友,反正打小开始我最好的朋友的最好的朋友都不是我,我早就习惯了。

但我为啥突然会说这些,为啥我会说着说着就委屈到哭起来?

那天除了我在哭,大家都笑得要死,他们越是笑,我越是大哭,怎么结束的也不知道。

第二天朋友们把视频发给我,我根本没脸看。

朋友的爸妈私下对他说:"以后刘同喊你吃饭,你一定要参加,他把你当最好的朋友,你也要把他当最好的朋友啊,你不要失去这个好朋友。"

朋友哭笑不得,把他父母的话告诉我。

我硬着头皮在群里回复他父母:"叔叔阿姨请放心,我们不会绝交的,我可能最近工作和生活的压力有点大,我就是随便找了个理由哭一下,昨晚哭完,今天我的情绪果然好多了!"

3

我从小就是一个很缺朋友的人,越是缺朋友,我就越是想和任何人成为朋友。

我的原则特别简单,只要你愿意说"你是我最好的朋友",我就敢把心也掏出来作为交换——"你也是我最好的朋友"。

我根本不需要对方任何付出,只要你给我这个名分,我就心满意足了。

我缺友情到什么程度呢?

高二时,我写了一张字条给一个朋友,上面写着:"你能成为我最好的朋友吗?如果愿意就告诉我,如果不愿意就不用回了。"

然后我就看着他把那张字条扔出了窗外。

哈哈哈，好惨。

但现在想起来，我觉得收到我字条的那个朋友才惨，怎么会遇到一个这样的神经病啊？

反正后来，我大概率觉得交朋友最好的方式是行动，而不是表达。

不是为对方付出多少，而是关键时刻能帮到对方多少。

当脑子开了窍之后，我才意识到自己之所以那么需要朋友，是因为觉得自己的灵魂太孤独了，想找一个伴。

后来一直找不到朋友，我就开始尝试让自己变得不那么孤独，就算孤独，也能从孤独中找到有趣的部分。慢慢地，朋友就不重要了。

## 4

从"你能成为我最好的朋友吗？"到"你真是我人生中最好的朋友呢！"，前一句是没有自己的价值，希望依附他人，从别人身上找到存在感；后一句是知道自己的价值，会让朋友觉得他们的付出是值得的。

二十多年前，我的脸庞是稚嫩的，总觉得站在人群中，有一人心意相通，就有胆量面对岁月可怖。二十多年后，我的表情是冷静的，人与人能相吸，也能相斥，但无论再相吸的两个人，也无法成为一个整体，中间永远隔着"你"和"我"，是天堑，也是倒影。

写在出版之前：

感觉自己这些年对友情的看法略"丧"，但认真想了想，其实是友情在生活状态里的占比开始越来越低。

二十出头时，会觉得朋友在一起很好打发时间，三十出头时，会觉得朋友在一起聊未来很有目标感，等到四十岁的时候，每个人都被社会的各种压力撕扯成很多碎片。

作为子女的你，作为伴侣的你，作为父母的你，作为一家之主的你，作为公司里年龄偏大的你，作为人生无法维持在高点的你，作为睁眼就看到账单的你……你觉得自己像经过了一台碎纸机，再也无法回到那个完整的自己。

如果你现在正处于青春期，我希望以上这段话能减少友情对你的内耗，遇见好的友情值得一辈子去回忆，碰上坏的友情也不会影响你今后的人生。

自 语

如果你在乎我，就不要拿我去和任何人比较。

如果你尊重我，就请在做任何与我有关的决定之前告知我。

如果你帮助我，就请知无不言，让我对前因后果清清楚楚。

如果你喜欢我，请不要用无谓的技巧拉扯我。

眼睛是用来欣赏美好的，不是用来看是非的。

耳朵是用来听旋律的，不是用来听流言的。

手指是用来触碰温暖的，不是用来指手画脚的。

无论是朋友，是家人，是恋人，是伙伴，都应先建立一个彼此信任和有安全感的环境，再一同面对外界。

是为团圆美好。

自　语

人要如何才能知道自己是怎样的人呢？这个问题我从十几岁便开始问自己，一直问到今天。

到今天，我能得出的最准确的答案是——人不可能知道自己是怎样的人，人只能尽可能多地去了解自己。

每个人都比大海更深，比星空更亮，比宇宙更广。

我甚至怀疑人类的视野之所以往外太空拓展，去看看外面到底有什么，完全是人类向内探索失败造成的。

人的内在不仅广阔，而且无限；不仅无限，而且这种"无限"随着年纪的增长还在不停地裂变。相比之下，当你研究宇宙万物时，似乎只要灵活运用牛顿三定律、万有引力定律、相对论、电磁学、量子力学、热力学、宇宙膨胀理论、黑洞理论……你总能窥探并定义宇宙中某些真实的部分。

但人却不行，你只能尽可能关注自己每日流动的情绪和去往的方向，一路奔波，把自己累死。

Chapter 4

雨过天晴

**WAITING**
**FOR**
**EVERYTHING**
**TO**
**CALM**
**DOWN**

---

你突然能看到生活中的细节了。

没有生命的,你的眼赋予生命。

有生命的,你的心给予温暖。

你看到了曾经看不见的世界,你理解了过去无法理解的一切。

天晴,你的世界便开始有光了。

目力所及的一切,都被镀上了一层金光。

是色彩,也是温度;是糖霜,也是铠甲。

**岳麓山的风声、桃子湖的雨声，希望你听到这些之后会想起我**

## 1 十年后，狗才不来

2023年是我大学毕业二十周年。

我还记得大学毕业最后聚餐的那个晚上，大家喝得烂醉，晓东眼含热泪地站起来，想说点什么却又一直哽咽，呜呜哭。小白微醺，脸色涨红，躺在椅子上斜着眼瞟他："平时不读书，关键时候卡壳，你突然站起来我还以为你要念诗，没想到你进行了一段无实物表演！"

晓东抽泣了两下，说："喝了酒，记不得了。"

接着他从裤兜里掏出了一张纸，对着纸开始念："樟园留下的是岁月的痕迹，今朝告别的是青春的欢歌。但愿此行，不负江湖，不负青春年少，不负韶华美景！622的兄弟们，我们约好了，五年后一定相见！"

"念"这个字不准确，应该是朗诵，用不怎么标准的普通话，但是他刻意用了浑厚的男低音进行朗诵。

小白说："五年后正是大家做牛做马任人宰割的二十七八岁，我很怀疑大家能不能聚齐，不如定个十年之约吧，那时大家三十出头，人生都差不多定型了。人生若是已上岸，一定能请到假；人生若是已沉底，每天都能放假。大家肯定聚得齐。"

小白说得没错，大学毕业十年那天，我们湖南师范大学九九级中文系三班五十四个人到了四十个。没来的，既没在岸上，也不在河底，还身不由己地漂在某条人生大河里。

十年相聚那天，我和几个室友过于兴奋，中午聚餐时哐哐碰杯喝酒，你看我一眼，我必须干掉手里这杯，我看你一眼，我又端起了手中刚满上的这杯。

中文系男男女女的对话也都直截了当。

"我想你。"

"我好想你。"

"我真的好想你。"

"我好几次出差经过你的城市，没好意思打扰你。"

遥想相逢情难诉，唯愿不扰清梦人。

最令人奇怪的是，当年读大学时大家的关系也没这么亲近，可在社会上沉浮十年后，大家突然就能看懂对方了。无论当年关系是否亲密，只要坐下来，坐在彼此身边，听对方说这十年发生的任何事，都有一种一起活过的感觉。

你看彼此的脸上还洋溢着青春的恣意，但眼前这些人早已走过了三江五湖、四海八荒、九州五岳，只是回到母校，又变成了孩子的模样。

毫不意外地，几个活跃分子喝多了，一直醉到第二天晚上才清醒，其中也包括我。

那晚我们找了一家KTV，大家一起唱歌。很多同学是次日一大早的飞机或火车，所以晚上九点、十点的时候，陆续有人站起来告别。

站起来时还若无其事的人，一拥抱说再见就红了眼眶。

那就二十周年再见吧？

大家互相送对方走出KTV，走下坡，走到巷子口，等一辆可以载客去十年后的出租车。

大家互相看着，依依不舍，又商量："我们就坐在路口的大排档聊聊天吧，如果谁扛不住了，就先回酒店收拾行李。"

于是，大家就围坐在大排档的桌前，点了凉菜，点了啤酒，在十月微微的凉风中回忆匆匆的青春。

我直到次日早上七点才离开，晨日把大家的脸照得满是希望，没有一丝倦意。几位长沙本地的同学一直坚持到最后，送所有人离开。我们笑着说"十年后再见"，我们约定了"狗才不来"。

三十出头的大家放心往前走吧,再回来时就四十出头了。

## 2 我也要和自己交朋友

十年很快过去。

这十年,我不太记得自己经历了什么,好像一直在人生大浪里打转,被卷起来,被打下去,反反复复。遇见过洒满月光的宁静夜海,也在晴空下的海面心无挂碍地漂浮过,但总不是顺遂和持续的。

人生最美的风景在你遇见它的那一刻就消失了。

临近毕业二十年的前一个月,周青给我发消息:"我们宿舍的女生打算二十周年一起在长沙聚,你们宿舍呢?要不要一起?"

后来人传人,宿舍传宿舍,最终还是聚齐了三十一位同学。二十周年再聚,这已经是聚会人数最多的中文系班级了。

第一天晚上,推开包厢,里面有二十几位同学,热热闹闹,周青宿舍全员不在。

给周青发信息,她说她们宿舍想先自己聚一聚,晚一点再和集体会合。

我能理解,大家天南地北要见一面不容易,得先把心里话说给亲近的人听。

虽然绝大多数同学十年未见,但二两白酒下肚,便将往日的上下铺情谊、代点到情谊、互相偷看试卷的情谊等全都勾了起来。

晓东酒量实在不行,才半小时,他就站了起来,涨着通红的脸,举着剩下的半盅白酒,看了一圈在座的同学,又开始哽咽。

小白在一旁,还是用二十年前的语气悠悠地说:"如果没有记住自己写的诗,就不要硬背了,直接拿出稿子朗诵吧。"

晓东扬了扬手中的酒,让大家静一静,然后开始背诵:

那时我们有梦

关于文学

关于爱情

关于穿越世界的旅行

如今我们深夜饮酒

杯子碰到一起

都是梦破碎的声音

晓东大学毕业之后去了广东某个沿海城市的公安系统就职,现在多少算个领导干部,但他一点变化都没有,还是喝多了喜欢念诗，开心了喜欢把大家聚在一起，脸还是那么红，唯一不同的是，他的普通话变得更差了。

可古怪的是，这变得更差的普通话，却将北岛的这首短诗演绎出了人生的跌宕起伏。那夹杂着湖南方言和潮汕方言的腔调，将在座所有人二十出头到四十出头中间的那段迅速剪了下去，就像"懵懂无知"的旁边坐下了"老成持重"，那不是一个人对岁月的妥协，而是人生这本书上一个人的封面与封底。

女同学开始哭，男同学也眼含热泪，同学聚会最妙的就是——仿佛所有人都置身在浓度超标的氧气里，稍微一点火花，就能燃起熊熊的思念之火，迅速燎原。

聊到大学的误会，哭。

聊到大学的暗恋，哭。

聊到比赛时闹下的荒唐，哭。

所有的喜怒哀乐，一旦在时间里浸泡了足够多的时间，拿出来回味时，无色无味却能让人一直泪流满面。

大家的聚会从晚上六点到九点，又换到渔人码头吃夜宵到十二点，闹过哭过笑过，周青宿舍的人还是没到。我有些生气，觉得她们过于自私了，便给她发信息："都四十好几的人了，怎么还是喜欢放人鸽子？"

周青立刻给我回："怎么，你们结束了吗？那你来我们这边好不好?"

周青是我大学时关系最好的女同学。大二时,我天天坐在教室最后两排写小说,某次她看见,非要帮我审阅一下。我虽然尴尬,但还是鼓起勇气递给她,她花了一节课的时间看完,说我写得好,还想看后面的情节。慢慢地,她就成了我很多文章的第一读者。我的那些心思、秘密在文字里暴露无遗,她边看边觉得新奇,但从来不问我,我也从来不解释。纸上的东西就是纸上的,与现实没有关联,我和她的默契就这样慢慢建立起来。

看来无论过了多少年,我俩依然不在意对方的情绪,仍旧习惯直接说出自己的目的。

我看着短信,那是一个解放西路的地址,像个酒吧。我想她们一群人大概找了一家清吧,听着舒缓的音乐,正在畅聊当年情。

我到了之后,发现是一整栋楼的bar(酒吧),放眼望去全是二十出头的年轻人,我站在其间觉得自己格格不入。突然一个人走到我的面前,拍了拍我,我第一眼没认出来,那是化了精致妆容、穿了礼裙的周青。她的手在我面前挥了挥:"状态不错啊,看起来不像四十岁的叔叔,走吧,大家在等你。"

我心想:"你是在夸你自己吧。"

我问:"你们为什么要来蹦迪?"

周青不耐烦地说:"你问题怎么那么多,不就是因为以前读大学的时候想来而没钱嘛!"

走过一长段幽暗的长廊,一拐弯,数百人在闪烁的灯光和干冰喷雾下甩着自己的灵魂。

看见我来了,周青宿舍的女生们纷纷向我挥手,借着激光灯的闪烁,我才发现她们每一个人都是盛装出席。她们将四十岁的自己留在了各自生活的地方,而将二十出头的自己带来和大学同学聚会了。

不知怎的,我突然想起周青说的那段话:"以前读大学的时候没钱,经过酒吧也不敢进去,只能在心里默默想,以后有钱、有时间了一定要来看看。"后来她们忙于工作,忙于婚姻,忙于家庭,早已经忘了那站在酒吧外面只瞅了两眼的自己。所以这一次趁着二十周年同学聚会,这群"中年少女"非要实现自己年少时的心愿才行。不能让琐碎的日常,掩埋了自己的万丈光芒。


我突然就在心里原谅她们放我鸽子了。

我问其中一位女生:"好玩吗?"

她是我们大一的班长,是我们班最早网恋且成功的人,一毕业就和网恋对象结婚生子,出国念书,过得充实。

她说:"好好玩啊,好久没有那么放肆了。"

我很纳闷:"这哪里好玩了?!大家来酒吧都是交朋友

的，谁自己一个人瞎蹦啊？"

她大喊："对啊，我们就是来和自己交朋友的！"

中文系人的这张嘴，发疯随口说出来的话，都让人很好哭。

我也就不管不顾，自己干了一杯酒，和大家一块蹦跶起来，我也要和自己交朋友。

## 3 我毕业于世界上最好的大学，反正我也没有读过别的大学

二十周年聚会的地点是岳麓山上的一间民宿，民宿在后山有一个很宽的露台，这也就成了我们茶话会的地点。大家忙前忙后几个小时，气球、横幅、水果、啤酒、凉菜、小龙虾、KTV设备全都备得整整齐齐，大家刚合了一张影，突然山顶就迎来了滚滚乌云。

当年我们的辅导员梁老师也来了，我们问他怎么办，要下雨了。

梁导和他年轻时还是一个性格，说："冒雨交心才有意境嘛。"

话音刚落，铺天盖地的雨砸落在露台上，瞬间大家的衣服就湿透了。

大家笑得不行，几个人躲在一把小伞下，有人化了半天

的妆瞬间就花了，女同学纳闷："我明明买的是防水的啊，这个牌子也太不好了吧。"

这时姜骅对我说："猴子，猴子，你快唱歌啊。"

我没明白啥意思。

他说："'天晴朗'那首歌！你还记得不，大一的时候，你唱了，雨就停了！"

二十几年前的一场大雨，突然在二十几年后浇醒了当时的回忆。

那是我进入大学后淋过的第一场雨。当时所有新生去十几公里外的射击场拉练，爬山路爬到一半的时候，一场暴雨突如其来，所有人全身都湿透了。我也不知怎的，突然开始大声唱当时很流行的《拨浪鼓》："天晴朗，那花儿朵朵绽放，闻花香，我想起年幼时光……"大家哄笑，我也不管，趁着雨势扯开了嗓子，然后陆续有人与我合唱。没一会儿，雨就停了。

"天晴朗！"我对着山顶大吼一声，"啪"，天空划来一道闪电，梁导脸色一变："快回去！闪电了！这里的树太多！"

几分钟后，三十几个人便湿漉漉地挤在了民宿的小会议室里，身上散发着蒸汽，久违的宿舍的味道又出现了。

所有悉心的准备，都被一场暴雨浇湿，小会议室里弥漫着一股奇异的尴尬。

这种尴尬来自大家心里都想见到对方，可二十年里，这里面绝大多数同学只见了两次。寒暄唯一的结果就是把气氛变冷。

在师大留校任教的鲁良把话筒递给我："来，你来主持，十周年就是你主持的。"

我拿着话筒，脑子里一团糨糊，完全不知道该如何破冰，我自己心里产生了一种"太尴尬了，为什么要聚会，好想现在就离开"的冲动。

我说："那这样吧，从最左边的同学开始，大家都说一说自己的近况，互相了解一下。"

小白第一个说。小白大学毕业去了部队做文职工作，后来转业进了政府机关，待了十年后又进入企业负责党建的工作，他的发言带着浓浓的领导做派，就好像他在给大家开会一样。

他说："大家千里迢迢来相聚，克服了种种困难，确实不容易……"

我看着他："能不能不要那么官方和客套？！"

他说："你等一下嘛，总要循序渐进啊，你怎么从大学到现在还是那么急？"

我说："这个局面都要垮了，我怕你说完，大家就散了啊！"

同学们听我俩斗嘴，气氛稍微缓和了些。

小白接着说:"我现在负责党建工作,做得最多的事情就是写材料。我有一个感受想和大家分享一下。我发现了一个很奇怪的现象,就是别的专业的人写汇报材料,怎么写都感觉哪里不太对,但中文系的就不一样,什么材料都能写得得心应手,写得漂亮。我真的特别感谢中文系,虽然以前读书的时候完全不知道自己学了个啥,年纪大了,总算知道了。"

虽是笑言,却开启了大家对学中文的感慨。

轮到毛笛,她说:"我现在是一家投资新能源企业的总助。其实这个岗位和我的专业一点都不对口,当时总裁要在全公司找个助手,谁都不行,后来看了我的简历和在公司的经历,觉得我学中文的,应该没有问题。事实证明,好像确实也做得很得心应手,我也很感谢中文系。"

晓东说:"大家都知道我一喝酒就喜欢朗诵,很多刚接触我的人都觉得奇怪,觉得我是表演型人格,但后来他们知道我是中文系的之后,就觉得我应该这样,而且觉得我更有魅力了。"

小白又在旁边默默地说:"你本来就有表演型人格……不要搞坏了我们中文系的名誉。"

哈,哈,哈。

轮到我了。

我沉默了一会儿，不知道从何说起，就干脆随着自己的情绪来："我本来不想参加二十周年聚会的，因为这几年是我情绪最糟糕的时间，我对现在的自己不满，也对未来的自己没有信心。我在北京工作了很多年，身边都是厉害的人，我觉得自己在这些年的长跑中掉队了，我没有写出自己喜欢的文字，也没有做出值得骄傲的电影，我整天心不静，每天都在怀疑自己是不是入错行了，但就算入错行了，我也不知道自己该往哪个方向走。总而言之，我对自己失去了信心。"

我也不知道我这么说同学们是否能理解，其实我也并不需要得到理解，因为我说完上面那段话之后，自己就哭了。有时候，人的很多行为并不是要得到一个准确的答案，敢于说出口就已经是一种自我拯救了。

我觉得我开了一个好头，因为从我之后，大家都进入了自言自语、自省的状态，好像并不害怕自己被人抓住把柄，也不羞于呈现自己的不堪，和人生对抗的同时也在和自己对抗。

红豆杉说："其实我今天原本来不了，我老公出差，我婆婆住院，我要照顾两个小孩，我每天都很崩溃，但我偏偏来了，我还把两个小孩带来了！我就是想见你们，我就是想喘一口气，我也想让我的孩子们看看我的同学们是什么样子的。我觉得你们都朝气蓬勃，你们都很有能量，我想告诉我的孩子，妈妈的同学都是厉害的，妈妈以前也是这个样子，以后也能是这个样子，现在的妈妈只是暂时的。"

有人走过去，紧紧地抱住了红豆杉。

大家说着，我的胸口已满是烈火，我已经很久没有产生过这么浓郁的情绪了。

我觉得自己的身体早就空了，怎么又能如此饱满了呢？

那边，谢莉莉正在说："近三年来，这三天，我第一次喝酒，第一次喝醉，第一次流泪，第一次失态！"

这边，我打开手机，飞快地写了一些文字：

下午提前走了晚上又来的同学，待了一会儿又忙着去工作的同学，想念大家又来不了的同学，大家都有一颗蠢蠢欲动的心。其实我们在一起多久并不重要，我们多久还能再在一起才重要。那些"中年少女"去迪厅放肆，是弥补过去自己的遗憾。那些中年男人喝酒喝到吐，只是人间的生活常态。每个人都有自己的难堪，有自己的不满，也有过不去的坎。但是哟，我们在一起的这一点点，很短的这一点点时间，每个人都流露出了真正的自己，不是吗？很希望不要等整数年再聚了，我们随时可聚，因为这是一个不让人交际，也不必交际的集体，在这里，每个人都必须是最真实的自己。晓东说他毕业于世界上最好的大学，因为他也没有读过别的大学。我觉得没错，这里就是全世界最好的大学，因为遇见了十年、二十年、三十年依然能够见面的各位。眼泪不是为各位而流，而是为今天的自己流。谁能想到呢，中文系的我们，做风投的、新能源的、基建的、廉政的、文娱的、教育的……毕业那天像烟花那样被放上天空，奔赴各自的命运。今晚三小时畅聊，是过去二十年未见的沉淀。我希望我们还能继续见，持续见，永远见。有一处可以哭出来、喊出来，也没有人会觉得你奇怪的地方，就是这里。因为我们是同一片土壤里的种子。二十周年聚会快乐。

一口气写完发到了群里，很语无伦次，却异常轻松，感觉自己淤堵的胸口一下就通畅了。

这时，晓东突然说："给我一个话筒，刚才猴子写了一段文字发到群里，我觉得很感动，我来朗诵给大家听！"

## 4 四十岁的"少年"也要加油啊

分别前，大家微醺，我跟大家挥手再见。周青喊住我，在路边对我说了很长一段话。

她说："谢谢你哟，好像每次看到你，都让我觉得人生很有希望的样子。"

我摆摆手，想跟她说自己真实的状况。

她接着说："我知道你过去的几年焦虑到长期失眠，耳呜，本来就不多的头发，还斑秃了，现在还没好。

"你写的每一篇文章我都在看，也用你不知道的账号给每一篇文章留过言。

"我知道你也许看不到，但是我知道，当你敢把自己的内心活动和人生焦虑写出来的时候，你就已经鼓起了很大的勇气在对抗。

"我不是因为你总是笑着，总是一脸无所谓的样子觉得你很强大。

"我是因为知道你跌倒了，却总是挣扎着想爬起来的样子觉得你还没被打垮。

"你内心敏感，又那么爱哭，心里一定装了很多东西，外界稍微震几下，你货架上的东西应该早就落得遍地都是了吧。

"我能看到你一直趴在地上收拾，狼狈不堪的样子。

"但我也能看到你还憋着一口气的样子。

"我很喜欢你在《我在未来等你》中写的那句话：'少年最好的地方就是：嘴里说着要放弃，心里却都憋着一口气。'

"其实我们都是一样的。

"内心杂乱，总想找一个人或等一个人来拯救自己。但事实就是找不到，也等不来任何人帮自己了这个难。只能靠自己一点一点收拾，先是蹲着，后来累了就直接跪着，熬不下去了就直接坐在地上哭一会儿，哭累了，继续收拾自己的人生。"

我一个字都没说。

就像她第一次看了我的小说，读出了我的秘密，我第一次被人看穿却一点都不尴尬，满是感动。

她说："好了，你的车到了，继续加油吧，四十岁的少年，我会继续在远方给你加油的，也希望你能为我加油。"

一个人不是因为总是笑着才强大，而是因为跌倒了却总想挣扎着爬起来，证明我们还没有被打垮才强大。

## 5 尾声

二十周年聚会落幕了，群里的大家还在回味。

小白回到了广州，发了一条信息给大家：

垂死病中惊坐起，燃烧我的卡路里。
枯木逢春犹再发，聚会一次再少年。
期待下次见。

大脸猫没有参加最后的班会，她在群里发：

今天因为要带孩子回家,所以缺席班会,很遗憾。隔空看了大家的感言,很感动,特别是最爱师大的主题,哈哈,听完自己都感觉膨胀了[偷笑]。毕业二十年,我们成为员工,妻子,妈妈,我们交了很多的朋友,大多是同事或者孩子同学的妈妈[捂脸],可是只有在你们面前,我们才是二十年前那个最真实、最纯粹、最青春、最心怀梦想的自己。我们彼此了解,所有的弱点;看过,所有的尴尬;干过,所有的糗事。还有那些,追过你和你追过的男生。二十四年前的相遇,是奇妙的缘分,二十年后的重逢,却是多么可遇不可求。祝福和致敬中文三班,还有我们最可爱的730/413寝室[让我看看]。

宋立发了一首长诗:

如果

二十多年前

你总是

晨读声音太大

惊走樟园的小鸟

总是

上课迟到三分钟

嘴上还咬着德园大包

总是

占着图书馆位子不看书

打瞌睡涎水流在《唐宋文选》上

总是

考试临时抱佛脚

得了六十一分就喜极而泣

总是

月初胡吃海喝不留钱

月末泪汪汪轮流讨口粮

还有

普通话考试打结巴

喜欢给系花写情书

南郊公园烧烤不放盐

凤凰船游掉河里

桃江实习写错板书

让我那么好笑

你总是

清晨早起占位子

我等懒虫享清福

总是

认真听课做笔记

年级流传手抄本

总是

悬梁刺股立大志

寒窗苦读居榜首

总是

公正不阿勇当先

横刀立马起风云

总是

彼此友爱相牵挂

时日久长见真情

还有

眼眸明亮向我微笑

风急雨骤为我撑伞

伤心大哭为我抹泪

病卧宿舍给我打饭

让我那么好哭

下辈子不要跟你做同学

如果

二十多年后

你还是

妙语连珠满堂彩

表情滑稽惹人爱

还是

一家四口一张脸

敢穿泳裤露身材

还是

身姿敏捷如猴子

笔耕不辍正能量

还是

身体娇弱易受伤

一瘸一拐要人扶

还是

天下美食我皆爱

横扫餐桌肚儿圆

还有

一言不成急跳窗

半夜狂欢猛蹦迪

长沙街头喝茶颜

管教崽崽急蹦脚

一要合照就眨眼

让我这么好笑

你还是

如花容颜纤纤腰

恍若入学第一天

还是

自述经历诉肺腑

数度哽咽感人怀

还是

爱岗敬业评正高

一片丹心一片爱

还是

为凝班魂细筹划

不辞辛劳苦奔波

还是

零零散散暗感慨

整整齐齐再相约

还有

见面一抱泪盈眶

腿脚不便背上楼

拖箱包裹帮我拿

依依不舍挥泪别

让我这么好哭

下辈子不要跟你做同学

——《下辈子不要跟你做同学》

我读着群里这些文字，不仅回到了过去，还通过它们看见更远的未来，清晰而透彻。

我翻出了自己十几年前写的一篇关于中文系的文章。

别人问：你是中文系？

只是简单的疑问句

但我却竖起了身上所有的神经

你并非能言善辩

你并非文笔流畅

唐诗宋词四书五经有多少能倒背如流

为何你观点大众

为何你不特立独行

你应该要戴眼镜 你不能听靡靡之音

你应当沉默 不能太快乐

你写的诗里应带着酒劲

你谈恋爱聊的是《家》《春》《秋》

还是《穆斯林的葬礼》

你与当下无关 更适合活在过去

你不是书呆子就是人精

看经典被嘲没主见

看流行被讽很肤浅


你躲着了解亨利·米勒的随性 海明威的细腻

村上春树跳脱 巴金巨细靡遗

你喜欢王尔德放肆 尼采刻薄

聂鲁达的热情

还有一位叫吴长缨的作者常用少见的比喻 卫慧的恣意

你看不懂《百年孤独》《似水流年》《尤利西斯》

却对《查泰莱夫人的情人》情有独钟

还有好多 都藏在心里无法与人言语

既细腻又矫情

怕与喜欢砌成了一堵一堵的墙

把人封在里面不想对望

也是这些细腻矫情

像弹珠游戏

打破了人生内里一面又一面的玻璃


写歌词的羞愧成不了一首诗

写散文的羞愧不如写小说的痴

写报告总觉得浪费了手中那支笔

总之是愧对了已是地中海的秃顶


常常愧于承认自己是中文系

一句"我是文科生"就打发了自己的曾经

中文系让人有敬畏心 让人害怕很多东西

中文系时刻在提醒——活出自己比假装痛苦更有意义

——《你是中文系？》

最喜欢的场景是我们坐在五舍广场的台阶上一起分享电影《邮差》里看到的那几句："你曾问我岛上最美的是什么，我为你录下海浪、风、父亲忧愁的渔网、教堂忧愁的钟声、星空和新生命的心跳。当你听到这些时，会想起我。"

这么些年过去，觉得"活出自己比假装痛苦更有意义"，更觉得"接纳痛苦，才能活出真正的自己"。

麓南山腰的雾气，二里半的小雨，木兰路的匆匆，麓山寺的暮鼓晨钟，这些风景化为温度，烙在此后大半生的为人处世中。

那时很疑惑，自己读这个专业的意义是什么。

现在已经能回答那时的自己了，你读中文系是为了遇见这群真挚可爱的人啊。

# 我最焦虑的时光,是如何度过的

这些话,是写给此刻看到的你。我已经从年前精神极度焦虑、紧张、失眠、斑秃的困境里走出来了。除了看医生吃中药,先让自己的身体变得有安全感以外,我觉得对我帮助最大的是我认清了几件事。

## 1 我不重要

即使我把某件事做得足够好,真正为我开心的人,除了自己,这个世界上也没几个。我根本征服不了更多人,不是因为能力不够,而是绝大多数人都只关心自己。

所以,去做一件事,能让自己快乐,窃喜,就足矣。

别做征服他人的白日梦,别给自己压力。

## 2 别人根本没有那么在意你

因为我不重要，所以我把某件事情做砸了，其实也不会被钉在耻辱柱上，抬不起头。所有的自我贬低都是你每天给自己的。

我每天问自己：尽力了吗？该怎么办？别人问起来如何回答？别人怎么看我？

这些问题毫无意义。因为没人在意我，我做砸的事根本就没人在意，绝大多数人都不关心结果，他们甚至不关心你在做什么。

只要你不被自己打垮而停滞不前，继续认真生活个三五年，去做自己喜欢的事，每天喜气洋洋、自信满满，就没人会记得之前你做砸过什么。

"苛求自己"听起来是完美主义，其实就是"把自己看得太重要了，以为自己是世界的焦点"。你以为的失败其实屁都不是，放了就放了，一秒就稀释在了空气里。

如果你并不是因为别人的看法而生气，只是因为自己不满意，只要不影响情绪那也没问题。

## 3 可以努力，但不必非要成功

努力是你自己全身心投入去做了某件事，做到了是经验，失败了是教训。看过一段话：人生中大部分事情是你决定不了的，但是你一定要尽力。你要尽力而为，但要接受命运的安排，个体过于渺小，但一个人的人生最重要的事情就是认识到自己的禀赋，并朝着你自己的禀赋努力前行。

我告诉自己——我是一个很感性的人，对喜欢的事情容易融入情感，喜欢写点文字，如果有人喜欢并产生共鸣就是我的意义。如此简单，又力所能及，不要在意他人，只管照顾好自己的小情绪。

所以我好了，希望我们都能更好。

## 世界全是因你而起的风景

我现在对很多事情唯一的要求就是请让我开心一点。

无论是恋人还是朋友，待在一起开心，比什么都重要。

如果三天两头起埋怨，一言不合就争吵，我宁愿自己一个人待着。

也许我曾经很喜欢你，但后来我发现——如果我不拥有完整自然的自己，我就没有能力去爱你，你也得不到我最好的样子。不知从何时开始，我不再第一时间考虑对方的感受和情绪，而是思考：为什么我觉得别扭？为什么我不舒服？是哪里被冒犯了，还是哪里被轻视了？如果可以，我会提出抗议，如果不行，那我选择消失。

我从合群赔笑的那一个，变成了离群索居的那一个。诚然，一开始我觉得害怕极了，觉得自己是被排挤了，可一天两天后，当我的灵魂触角意识到这是一个全新无害，没有人会突然蹦出来伤害自己的环境时，灵魂便漫山遍野地发芽了开花了，随意而居，盘地而坐。任何一个小的念头都能让我蹲下来研究很久，任何一件日常的小事都能让我浮想联翩。

这一切最幸福的是——我的思绪想走多远就走多远，抓住一阵风，去千里之外看一眼；又抓住千里之外的几阵风换乘回来，一分钟就可以走遍一个世界。

在这样的世界里，没有别人，全是因你而起的风景。

你若能耐得住寂寞，你一定会为这一切感动到落泪。湖面突然传来的冰裂声，是告诉你天气转暖了。一阵太阳雨，让你看到了雨中年少雀跃的自己。一群候鸟在为你南飞。最后一片落叶连着飞雪，大自然为你准备的一切，终于被你看见了。

我很喜欢一句话："除生病以外，你所感受的痛苦，都是你的价值观带给你的，而非真实存在。"

所以我也常对自己说："除健康以外，我所体验到的快乐，都是自己内心的感受和个人价值观的影响，而非统一存在。"

这样一来，痛苦并不是真的痛苦，而快乐则成了真的快乐。

我知道现在也许你会感觉到有些难熬，但你要知道，很多人也过着和你一样的生活，他们当中有人难过，有人快乐。我希望你是后者，能从纷杂的世界里看到世界为你独自创造的细节。

一只翩翩飞过的蝴蝶，一条追随了你半路的小狗，一片映红你脸颊的夕阳，一节你上车了才缓缓关闭的车厢，如果不是因为你，它们都不存在。它们既然存在了，那就是你在这个世界的意义。

我希望我们都比昨天快乐一点，毕竟很多有趣的事物和细节都因为你的留意而有了存在的意义。

## 我只是想喘口气

小远离职两年后,我再一次和他聊天是在直播上。

他出版了新书,问我能不能帮忙直播连个线。

忙自然是要帮的,我把他招进公司,带着他一起工作,看着他独当一面,又看着他陷入工作泥沼,自我挣扎,最后离职创业。

他离职的时候,我也正处于项目失败的职业低谷期,每天在痛苦中来回纠结。担心别人看不起自己,又担心自己过于在意别人的眼光;担心自己从此一蹶不振,又担心自己就算爬了起来还会在同样的地方跌倒。

害怕光,又害怕自己被照得不够亮。

害怕暗,又害怕填埋自己的土盖得不够满。

收到他离职告别的信息时,我有些震惊,有太多问题想问,也有太多不解想抒发,但转念一想自己的处境,觉得毫无说服力，最终只回了一句："既然做了决定，那就对自己负责，加油，有需要就说话。"

自顾不暇，哪有精力评价他人的人生？

时间一晃，以两年为一个单位，小远发信息告诉我他要出书了。

我心头一暖，原来他还记得我和他的那个约定。

小远是参加主持人大赛进入光线传媒的，他入职后第一个问题是："其他主持人长得都很好看，我那么普通，为什么你们还选了我？"

我哈哈大笑，夸他还挺有自知之明，他的脸立刻闪过一抹尴尬。

很多时候，贬低自己的提问只是想收获更多的肯定罢了，他需要的是信念感。

然后我很认真地告诉他："你主持得不错，所以就显得你也好看了不少，你最与众不同的地方是你会写东西，这些年也一直在坚持创作，如果你想走得更远，就一定要保持下去。"

后来无论我们是在一起工作，还是换去了不同的部门，我都会提醒他必须坚持写下去。

终于，他的书写出来了，而我也从低谷走出来了。

我问他:"为什么要从一个工作了十年的地方离职?在这里,你可以干很多事,公司也会支持,为什么你非得离开,自己创业呢?"

他说:"我觉得自己管不好团队,公司其他同事似乎也不喜欢我,我每天都觉得很压抑,不开心。"

回忆一下就串线了。

二十六岁的我和两个朋友坐了一下午,听她们转述其他朋友是如何地讨厌我,如何看不惯我身上的毛病,说我是不是应该更在意一些朋友的感受。

回公司之后,我整个人心不在焉,和老板开会的时候亦是如此。

会议结束,老板让我留下来,等人散了,她问我:"你咋回事?"

我想了想,就把自己来北京的前因后果说了,和一群朋友来了北京,现在却被大家排挤,我不知道自己该怎么做。

老板说:"你在北京是靠工资活下来的,你的工资是我给你发的,我不讨厌你,还不够吗?你那些朋友讨厌你,他们养你吗?"

我琢磨了两三遍她的话,整个人的感受立刻从电影第三幕进行到了第四幕,灵魂破壳,主角醒悟。阴暗昏沉中透入了明媚春光。

朋友自然是重要的。在北京无依无靠，朋友就是避风港，失去了朋友就好像船没了码头，随风漂荡，下一刻就被卷入暗流，不见天地。

说白了，自己没有安全感，唯一能给我安全感的就是朋友。

而老板的一番话让我意识到，我靠自己的能力能养活自己了，我能给自己造码头了，我不必在意外面那些风浪，他们可以与我无关。

我在光线已经待了近二十年，前十年我的人缘不好，同事们也不待见我，但我并不在意他们如何看我，我只在意我是否把自己的工作完成了，是否对得起自己领的这份工资。

反正我的工资不是同事给我发的，而是老板。

当我把一切都简单化之后，我自在多了。


有天想去露天游泳池游泳，却突然狂风大作，于是我躲在房间听法国乐队From Your Balcony的专辑。

他们的音乐灌满房间时，就让人产生了潜水的感受。

歌曲"Loneliness"（《孤独》）的评论区都在讨论人的孤独性——总是渴望被理解，却又害怕被看穿。

当然还有大段的抒情比这一句更为细节。

只是人们确实如此，在左右摇摆时，忽而选择了往下跳，在秋千可以前后荡漾时，选择了原地转圈作茧自缚。

因为想不通,所以胡乱做了决定。或者因为想通了,所以可以胡乱做决定。

我问小远:"一切都似乎很好,也能解决,那你非要离职的原因是?"

他沉默了一会儿说:"我过得不开心。"

他接着说:"虽然离开你们之后,我过得更累了,但我笑的次数多了。"

我突然就懂他了。

没有那么多利弊去权衡,只是想自己喘口气,反正能活下去就行。

## 她像个和生活厮杀幸存下来的女侠

Ann给我发来一条信息,说看了我生日写的文章,觉得写进了她的心里。

Ann是我大学学姐,我们认识很多年了,光认识不足以说明我俩之间的熟悉,就像她信息里说"写进了她的心里",我都不用问是哪一段,因为我知道是哪一段。

"那时的我对着镜头说着自己最难堪的状态,把自己揉碎了拆开了说,我能看到自己虽然笑着、冷静着在表达,但其实背后的我早已经碎了一地。我能看到碎了一地的自己,还在尽量保持理智和清醒,不想被水冲走。但也没有再试图去对抗外力,碎了就碎了,我不想让自己过于辛苦。自己承认,对外界诉说,不隐瞒,将最细枝末节的感受和盘托出。不是为了得到同情,而是我知道一定在很多的地方,有很多人和我遭受着同样的困扰。"

Ann是大厂的中层,定居在上海,早些年每次出差,我都会约她见一面,聊聊近况。后来她忙得分身乏术,见完面还要赶回去加班,我实在是不好意思再打扰她,就很少约她见面了,两个人偶尔发个信息问候。

疫情三年,我们没有见面,疫情结束后我去上海,约了她。

她没有化妆,或许是来不及,她见了我微微一笑,眼睛里闪着一些莫名的神情。

甚至都没有寒暄,她便说:"为了孩子我离职了,现在是全职妈妈、全职太太,我成了我之前最害怕变成的样子。我刚把孩子从游泳班接回家。我已经很久没有见人,没和人聊过天了,也很久没喝过酒了。"

说着,她把杯子里的红酒一饮而尽,像个和生活厮杀幸存下来的女侠。

那天晚上,我没问她任何细节,也没有问她是否后悔了,因为Ann从来就是一个很果断的人,决定的事情就会不顾一切去做,过程再狼狈她也不会认怂,非得把一件事情全部完成才会重新扎一下已经凌乱的头发。

我静静地听她说着她的这些年:婚后的生活,养育孩子的日常,工作是如何地令人崩溃,现在的生活是如何地让她抓狂,她利用一切空余时间看书、写作,把枯燥放在油锅里又煎又炸又焖,既然食材本身毫无可取之处,那就多放一些佐料为自己炖一碗有滋有味的热汤。

十点,她说女儿要休息了,她得回去陪她。我们在街头告别,她看我上了出租车。

没一会儿,她给我发来信息:"你上车的时候,我哭了,我不知道下一次我们再见是何时,我希望下一次再见到你的时候不会那么狼狈。"

后来,每每我写完一篇文字发出来,她总是细细读完,给我发一些她的感受。我可以回,也可以不回,我知道她在用这样的方法找她自己人生的锚点。

我和Ann的关系很奇怪,她并不知道我生活的细节,我身边的朋友她也认识不多。她的朋友我甚至一个都不认识,也不知道她的人生细节。但从大学时,我俩就总是约着聊天,从不聊具体的某个人、某件事,而是聊某些奇怪的感受和状态。

后来她出国留学,我在电视台当"社畜",很多次我回到家都凌晨两三点了,但只要邮箱里收到了她的邮件,我都会振奋地一口气读完,把自己的感受原封不动地回馈给她。

我们离得很远,却又走得很近。

周国平老师写过:"要亲密,但不要无间。人与人之间必须有一定的距离,相爱的人也不例外。"

我和Ann作为朋友,做到了"亲密有间"四个字。

我问Ann:"2023年你过得好吗?"

她说:"哈哈,2023年我把女儿陪伴得很好,学科第一的那种,我知道自己放弃了什么,得到了什么,一切都很公平。你也一样,你放弃了热闹,却收获了自己的宁静。希望2024年我们都能邂逅更棒的一年。"

话里有情绪,情绪里有沉淀,又在沉淀中搅起一些浑浊,让生活变得不那么单调。大概这就是我们必须面对的成长人生吧。

自　语

我对自己好到什么程度了呢？

只要自己待在一个场合，产生了某种不舒服、不自在感，就会直接说"我不太舒服，先走一步"。以前会一直忍着，告诉自己"忍一忍就能过去"。

产生不舒服的念头时，就已经是大脑给自己发出的警告了，如果一直忍，就会消磨掉自己的敏感性，好像凡事忍一忍就能过去。

"忍一忍就能过去"这个想法本身就是错的，最好的做法是让自己变得愉快起来，最好能将让自己不舒服的环境调整为舒服的环境，调整不了那就脱离，首先要保护好自己的情绪。

交友也是一样的，感觉到不舒服的话就说出来，让对方意识到你被冒犯了。双方能沟通最好，沟通不了就直接走人。

  不要争吵,不要让自己失控,一切的出发点都是保护好自己的情绪,不要让它受到惊吓。

Chapter 5

清风

徐来

WAITING
FOR
EVERYTHING
TO
CALM
DOWN

坐下来，聊一些过去的事。

一壶酒，一杯茶，三两小事，温热一个冬季。

你的脚刚穿过林海雪原，所以走过的每一步都带有深浅不一的印迹。

她的眼刚看过初夏的群山，所以每一寸目光都带着抚慰人心的清凉。

将时间打包成行囊背在肩上，相互交换。

你问："这些年你过得好吗？"

我说："这就是我们重遇的原因。"

怎么说呢？

过得不错，才能在这条路上再次遇见你。

过得一般，才需要再遇见你作为一个好的开始。

## 你值得世界上一切美好

两个月前,一位女性朋友看中了一套房,是老家的大平层。她说大概要花二百万,很贵,但是她打拼了十几年,终于有了这个积蓄,问我的意见。我说如果这个房子能让你变得更好,更有底气,我觉得没有问题。她很开心,说自己能想象得到住进去后人生一定是闪闪发光的。

前两天,我突然想起这件事情,问她房子买了没。她说没有,欲言又止。我问是不喜欢了,还是卖完了。她说她已经付了定金,但是弟弟结婚,买婚房少了几十万,父母问她借。父母说她都三十好几了,单身也不结婚,住那么大的房子有什么用。弟弟结婚,马上会有孩子,房子是刚需。她觉得也对,就退了定金,借了钱给弟弟,自己的钱不够了,准备再攒攒。她的语气平静,完全没了两个月前的兴奋。

我问她知不知道有一个词叫"配得感"。她说知道,就是自己配得上更好的精神和物质。

我说:"对,你应该有更高的'配得感'。不是说你不能帮助家人,而是你靠自己一个人走了那么多年,走了那么远,终于走到了这里,你所拥有的一切都是你自己一天一天数着日子争取来的。

"家里的冰箱是你加了两个月的班换来的。那个热带鱼鱼缸是你兼职帮人做设计换来的。你的台灯是你定了闹钟,'双11'抢到的。你家里每一件物品,都是'更好的你'争取而来的。你的大平层也应该是。

"只有你让自己变得更好了,你才有心情和底气去对抗外界,让自己变得更强大。如果你的弟弟没有你这个姐姐,他会买这么大的婚房吗?就算买不了新房,买二手房不可以吗?重点是,你压抑了自己的'配得感',只是为了满足其他人。为什么三十多岁的单身女性不能住大平层?大平层很有用,它是你对抗家庭的底气,是你能养活自己的证明。"

她昨天给我发信息说,她和家人谈完了。她先买自己的房,等半年后,再接济弟弟。她说自己好像憋闷了两个月,现在终于长舒了一口气。

每个人都一样。你必须有"高配得感"。你必须知道你能走到今天，能拥有此刻的一切，都是靠自己获得的。你有资格拥有能力范围内最好的，你也能去享受能力范围内最好的。你这样做不是奢侈，而是让自己通往"更丰盛的自己"的那条路。

总之，你必须知道自己配得上你此刻拥有的一切。

希望你很好。

# 为了你,我想拥抱所有人

打了一辆出租车,我到酒店门口的时候,司机师傅已经站在车旁边微笑着等我了。那种微笑有点使劲,很显然是想让乘客感受到他的热情。

师傅看见我提了一个大箱子,立刻要帮我抬进后备厢,我说:"不用,谢谢,我可以。"刚上车,司机师傅又问我:"要不要喝水?我的车上有水。"我说:"不用不用,谢谢,我刚喝完下楼。"

我很诧异,偷偷看了一下软件,我打的就是出租车啊,并不是专车。在我的印象里,只有专车才会提供搬运行李和送矿泉水的服务。

这边想着,司机又问我:"空调温度合适吗?有想要放的音乐,可以自己放。"这下我忍不住了,就问他:"师傅,问您个问题,不要觉得冒犯啊,就是您这车是辆出租车,为什么会有这么多服务?我很少见到出租车司机提供这么热情的服务,有,但很少。"

司机师傅壮壮的，一直面带笑容，听完我这个问题，他略带青涩的笑脸突然就变得成熟了，一种由内而外的喜悦绽放在脸上，好像在说："啊，我的热情被你发现了，我好开心啊，你还问了我这个问题，我很想立刻就告诉你啊。"

然后师傅说了一个我觉得应该被写成文章的故事。

他说："我女儿在上幼儿园，突然有一天我觉得她特别乖，也不知道怎么了，就好像变了一个人。后来她才偷偷地告诉我，她的老师说让孩子们偷偷帮家长做好事，在心里收集家里人说的一百个谢谢。

"我每次说完谢谢，她都很开心，然后我就和她约好了，我出车的时候也要去收集一百个谢谢。

"然后果然，你已经跟我说了快十个谢谢了。"

他的坦然和真诚就像一支箭，直直扎中了我。

他说："你还别说，真挺好的，以前我出车觉得特别累，现在做的事虽多了，但心情好了很多。你是第二个问我这个问题的人，我觉得很有成就感。"

我对他说："您真是一个很好的爸爸啊，用实际行动来表达对女儿最踏实的爱。"他嘿嘿一笑："我觉得是她改变了我。"

下了车，写这篇文章的时候，我觉得他并不只是做了一个好爸爸，他最厉害的地方在于敢为了某个人，打开内心，拥抱所有，尝试去做自己力所能及的一切事情。

你去拥抱，自然会收获温暖。

乐呵呵地活在这个世界上，不会比想象中更难。

## 他很好，希望我们还能再相见

阿良给我发信息说他考上了老家的大专，要去读书了，谢谢我的照顾。

我说："太棒了！前程似锦，希望以后能一直听到你的好消息。"

发完信息，不知道今后是否能与阿良再相见。

我和阿良的相识很简单，我叫了快递员上门收快递，两次都是他。

他说："哥，以后着急的话，直接发信息给我就好，你放电井里我自己取。"

阿良的快递工服总是很干净，戴一副眼镜，文质彬彬。

一次换季，我准备把不穿的衣物打包寄回湖南，家里袋子不够，我给阿良发了一条信息："阿良，麻烦抽空给我拿一些装快递的大塑料袋放电井。我要打包衣服，大概一小时弄完，你有空直接从电井里取了装箱寄走就好。"

他说："没问题，哥。"

之后，阿良给我发来一张照片说快递已经打包完毕发出，电井里还给我留了一些大袋子，他说等下一次直接可以打包，不用因为没袋子着急了。

回到家，我看见电井里一沓整齐的打包袋时，有点感动，觉得阿良真是个心里有事、眼里有活的人。

后来，每次他来取打包的衣物时，都会默契地给我留好下一次的打包袋。

我和他渐渐熟悉起来，再在小区遇见，我都会远远地对他大喊一声："你好啊。"

然后他立刻会看向我，特别开心地咧嘴一笑，挥挥手："哥，早！"

我没和阿良聊过更多的天，也没问过他是哪里人，多大，为啥会来我们小区做快递员。我偶尔会在他来取快递时，给他留一盒月饼、一罐茶叶啥的，说："朋友送的，多了，祝你节日快乐。"他就会给我发个信息或表情："谢谢哥。"

我和阿良的关系是这个世界上最常见的关系，每日擦肩，打个照面，主动的问候会令彼此心生暖意，但我们并不了解彼此的人生，只觉得每天见到这个人是理所当然的。可这种人和人的关系，更常见的部分是，当一个人突然消失了时，我们可能都很难察觉到，只是某一天突然看到某个场景才会意识到——好像有个人不见了。

后来，小区的快递员换成了一个热情洋溢的小胖哥。我再一次打包让他上门取快递时，忘记提醒他带多余的袋子来了，正懊恼着，没想到，小胖哥也带了一沓打包袋来，看我不解，他说："阿良走的时候特意交代的。"

阿良走了之后，我更了解他了。

我想，一个人心里总需要有一些对他而言重要的事，这些重要的事可能很小，只是一个习惯、一句话；也可能很大，需要花很多年才能做成。但这些或大或小的重要事，能让一个人不沉下去，不随波逐流，不让别人扭头就忘了自己。

敬阿良。愿在家乡长歌有和，独行有灯。

## 他给我浑浊的生活里投了一块明矾

结束订单一小时后,拉货的司机又给我打来电话。

我犹豫了一会儿,接了,司机说:"能不能麻烦你来小区门口一趟?"

我问怎么了,他也支支吾吾说不清楚,就是希望我能再去门口一趟。

我晚上叫车拉货的时候,这位师傅就认不清北京的路,不知道我定位的小区在哪里。

他在电话里用不知道哪里的方言说自己刚来北京一周,还不熟悉,希望我谅解。

因为需要搬运的东西太多,我选择了师傅帮忙搬运的服务,多交了几十块钱的搬运费。

但师傅迟迟找不到小区,我就只能喊朋友帮我把物品用推车一直推到了小区门口。

等了一会儿，货车才到，师傅年纪五十多，下车的时候头上都急得冒了汗，连连道歉。

我说没事，到目的地后还需要他帮忙把物品送到家，他连说没问题。

到了我家小区的地库，货车太高，下不了地库，我又只能从保安室借了一辆拖车，自己把物品拖了回去。

结束订单时，师傅很慌张，觉得没能帮到我，他说他也不知道如何修改订单，想把搬运费退给我。

我说没事，钱也不多，但北京大，认路复杂，希望他能快点把路记熟才能在北京待下去。

他站在地库口连连道谢，我希望他不会因为今晚的挫败而丧失对北京的想象。

但没想到一个小时后，他又打电话来让我去小区门口。

我说无论你要找我干吗，都不必了。

他在电话里一直说"你来嘛，你来嘛……"，语气在执着中又带着一丝恳求。

我想了想还是下楼了。他的车停在小区门口，打着双闪。

他看我下来，就直接走过来，递给我一个箱子。

我一看，是一箱牛奶。

我不解，他说他开车回去的路上心里不踏实，觉得没有帮到我，浪费了我下的单，所以就去路边买了一箱牛奶，希望我一定要收下，不然晚上他睡不着。

我整个人僵在那儿，不知道该说什么。
说谢谢，很奇怪。
说没必要，辜负了一片真心。
说没想到，贬低了善良。
说什么都代表不了我心里的五味杂陈，师傅的普通话不标准，临走时还特意对我说了句"谢谢您"。

师傅走了之后，我一直在想，如何形容这位师傅？
不占便宜？似乎太看低他了。不卑不亢？似乎也过于跳脱。
回家想了许久，终于想到了一个词——澄澈。
一个澄澈的人天生就能让人产生同理心，一个澄澈的人同样能轻易就映出世间浑浊。
写完这件小事，感觉它给我的水中投下了一小块明矾，沉淀了一些什么。
希望于你也一样。

## 好的爱都藏在细节里

前两个月乘高铁,我依照习惯坐在右边靠窗的位置。

第二站上来两个年轻人,看起来是情侣。

女孩是我旁边的位置,男孩的位置并排在过道另一边。

坐下来时,看见我坐在那儿,他俩对视了一眼,两人都笑了。

我猜他俩可能是希望这个座位没人,就能坐一起了。

我就径直问女孩:"你俩要不要坐一起?"

女孩立刻不好意思了,和男孩快速对视,回过头带着一点点欣喜问:"可以吗?"

没啥不可以,把一对情侣拆散,我感觉自己心理压力更大。于是我就跟男孩换了座位。

他俩有点意思。坐下来后,男孩拿出电脑准备做PPT,女孩从书包里掏出一本还没看完的书。然后男孩很自然地又从书包里拿出一个小袋子，拉开拉链，拿出两副有线耳机和一根一分为二的分插线！

他把分插线插在手机上，将其中一副耳机递给女孩。

女孩对男孩说："那就从头听起，不准切歌。"

男孩说："如果听到好听的歌我可以申请重播吗？"

真的要了我的老命。这样的分插线，我也买过，也想着如果有机会，和喜欢的人在旅途中听同一张专辑。这条分插线现在还放在我的书桌里。

一路上他俩都很安静，各做各的事情。

偶尔，两人会突然停下手中的事，对视一眼，很迅速地一笑，男孩主动去握女孩的手，捏一捏又放下。

我注意到好几次，却又不明白缘由。

直到我在自己听的歌里，听到了一句很喜欢的歌词——"能暂时怀念某种老朋友，不过未能共享一叶舟，彼此都处身洪流，如何挣扎沉浮"。我突然想到了一位朋友，于是想把这首歌发给对方。

那一刻我突然明白了，小情侣一定是因为听到了歌曲里某句很应景的词。我猜也许是："我才懒得给你解药，反正你爱来这一套。"他俩想到了彼此的日常。

我猜也许是："没有得你的允许，我都会爱下去……"

也许是："这世界上所有的答案，都不如我爱你三个字更值得满分……"

又或者是:"为了拥抱那一个人,笑着哭着拥抱了整个班……"

总之,在那句歌词出来之前,男孩女孩都在各自的世界里,歌词一出来,两人不约而同又进入了同一个世界,想起了交往中的细节,偷偷看对方一眼,证明彼此还爱着。

特别细的举动,特别快的眼神确认,没有黏腻,没有热乎劲,男孩女孩像天平两端微微晃动的砝码,很轻,也很安心。

我们一同在北京下车,到站时,他俩异口同声对我说了声"谢谢"。

看他俩牵手远去的样子,我觉得从这样一小段旅程,就能看出他们能走很远很远。

## 突然很想谈恋爱

那晚在 KTV 门口等朋友。

台阶上坐了一对小情侣,正在吵架。我刻意站远了一些,怕他们觉得我想偷听。

可小情侣的声音实在太大,完全不在意旁人眼色,我就只能听完全程……

女孩说:"你生日的时候,我喊了四五个朋友每天帮我抢号,帮你抢到了一双球鞋。但今天我生日,你连包厢都没有预订,说到了现场一定有,哪里有?"

男孩也很委屈:"以前十二点都有空位的,我本来想着到了就有空位,我就跟你说生日这天运气真好,讨个好彩头。"

过了一会儿女孩又说:"今天我生日,喊的每个朋友都有事,本来就只有我们两个过生日,为什么你还要来唱歌?"女孩说着都带哭腔了。

男孩说:"你不是很喜欢唱歌吗?我想今天就咱俩,也没有朋友会抢你的麦克风了,我也不唱,你可以唱个够,唱个通宵。"

女孩又说:"那我们就在这里等吗?要等到什么时候?还有几分钟我就过生日了,我就坐在台阶上过生日吗?"

男孩说:"不是挺有意思的吗?以后你都会记得这一天的。"

真的很会一本正经地胡说八道啊!我忍不住朝男孩的方向看了一眼,男孩看起来并不油腻,还挺稳重老实的。

女孩生气了,站起来就要走,男孩拉住她,从身边的手提袋里拿出一个纸杯蛋糕,迅速点上蜡烛。

女孩很尴尬,吹也不是,不吹也不是。我真的很好奇,我倒要看看这个男孩到底要把这件事情做到什么程度。

他让女朋友赶紧闭眼许愿,不要错过十二点。

他俩对视一眼,男孩表情特别认真,女孩突然就笑了,凑近他许愿。

我的心突然被狠狠戳到,小年轻的爱情真好啊,简单又真挚,不会在一堆鸡毛蒜皮里翻来覆去。

我还没从感慨中走出来,突然一拥而上七八个年轻人,端着一个大蛋糕,把小情侣围在中间,大声喊:"生日快乐!"女孩一睁眼很震惊,我也很震惊。男孩还是一副很老实的模样:"你看,朋友都来了,包厢刚才经理告诉我也有了,台阶上的生日也过了,我们唱歌去吧。"女孩哭起来,朋友们纷纷拥抱她。男孩说:"本来她都做好了准备,打算一个人唱个通宵,现在你们都来了,又要抢她的麦克风了,她难受是真的,让她哭吧。"女孩捶了男孩两下。

我……

突然就很想谈恋爱了!

## 我们支离破碎的样子格外明媚

我每天固定的动作就是打开电脑写当日的日记。

或长或短,写的都是当天给我印象最深刻的几件事。

写的时候也没想过润色什么的,写得是不是诚实比写得是不是好更重要。

毕竟,日记只是我给自己的人生做一点记录,以后老了,看到一个数字,能提醒我那个日子都发生了什么。

没想到,这本书的编辑突然问我:"你不是有写日记的习惯吗?"

我说:"嗯。"

她说:"看一看嘛,整本书如果能加上你一段时间的日记就好了,格外真实。不是文字上的真实,而是你的生活原本的样子。每天困扰你的事情,以及你纠结的心态,不需要得出一个结论,只需要一个状态。"

编辑和我一样是双鱼座,我很快就被她说服了,然后打开了自己的日记文档，看了一些，边看边想：我支离破碎的样子在深夜看起来，真是格外明媚。

2023/1/28

上个月我弟问我一个人生意见，我仔细给了他建议，让他和几个朋友都聊聊，看看能不能一起合作做些什么。他说好，回去就考虑写一个可行性计划。他回去了两周，没动静。我问他写了吗，他说他还没理清楚，打算再想一想。那就想吧。时间很快过去了一个月，仍然毫无动静。

他的两个朋友都来问我，这个弟弟是不是不想和他们合作？如果不想合作就直接说，不然他们一直等着；还是说聊天的过程中他们让他不舒服了？我说我也不知道。

我心里也不舒服，我觉得这个弟弟可能觉得我的建议很糟糕。但就这么等了快两个月，我实在受不了了，就问他到底干不干。他终于回我了，他说他不知道该怎么干，也没什么信心，所以就一直拖着没写。

我很气啊，我跟他说，现在这个年头，没有人有义务对任何人负责，因为大家都过得很辛苦！能给你建议，能一直等你，就是最大的善意。你不能利用完别人的善意，就不反馈了，拖延症比自我否定更可怕。自我否定顶多是脑子想了一圈，找不到信心，然后拒绝做某件事。但拖延症不仅让自己陷入焦虑的泥沼，还会让周围的人被连累。

如果不是这篇日记，我都忘记这个弟弟做过这件不靠谱的事情了。他消失一段时间后告诉我，他决定去帮一个景区经营他们的自媒体。又消失一段时间后，他告诉我他在搞电子货币。我翻了一下我和他的对话，最后我们的聊天停留在我告诉他："无论做什么，你愿意花足够多的时间去研究，就行；而不是投机，就好。"他说："好的！"

## 2023/4/14

读书有什么用？我得承认，当我进入社会之后，我几乎不记得我读过的书到底给我留下了什么，我大概知道书上写了什么事，也记得我喜欢的书给我带来的阅读的愉悦，但要说我学到了什么，恐怕还真没有。可我回想更年轻的时候，我是记得的，我记得作者如何去描写一朵花，描写阳光洒在脸上的感受，描写一个人是如何无助。我的感官是被文字的描绘给打开的，也许一整本书我只记住了一句话，然而这句话却能让我在面对很多事物时，都有了新的滤镜和观赏角度。读书和交朋友很像吧，很多朋友已经不联系了，但回想起来，每个人似乎都教会了我什么。我记得很多年前一个早已不联系的朋友对我说："无论是谁帮助过你，都要说一声

**谢谢。**"虽然真的是个很小的建议，但这几十年我一直这么**做**。假使一个人面对世界，最初只能看到黑白默片，那读到一本喜欢的书，它能帮你增添声音，能帮你调上色彩，能帮你聚焦到某一个人，能帮你成为这个世界上少有的共情者。这大概就是读书的意义。

为啥我的日记要写那么严肃的议题，可能是过几天就是世界读书日了，然后有读者问了我这个问题吧……

## 2023/5/8

看白先勇的《上海童年》，提及了"大世界"。想起爸爸在上海进修的那两年，我对上海大世界最有印象。除了哈哈镜，就是电子游戏，攥着币，玩不好，生疏，紧张。那种感觉伴随了此后几十年的人生。

他在文章里又提到了顾福生，我就去搜他的画作，啊，原来是这样的啊。

好像和我想的差不多，整个画风都感觉很压抑，但因为我也不懂画嘛，所以看起来就感觉应该很厉害的样子。

关掉网页，继续看书。

看村上春树写他听过的那些歌，我也会一边看书，一边搜索音乐来听，听一会儿就关掉。啊，原来是这样的，也没有觉得特别厉害。

反而是看一些日本的散文合集，里面偶尔提到的一些乐队，觉得太好听了。比如KIRINJI、Merengue，就都很不错。

白先勇因为犀牛角粉曾治愈过"挚友"王国祥的疾病，他说后来近距离看犀牛也觉得亲切。

迟子建笔下的刘建国因为父亲在杨树下被折磨致死，以至于后来刘建国看见杨树都远远避开。

所有的花里，我觉得昙花最亲切，因为童年的很多夜晚，全家人都在外公的指挥下，围坐在昙花旁边等待花开。

## 2023/7/7

爸爸抱回一条土狗养，我和他大吵了一架。

这条小狗待在家里已经十天了，爸爸说过几天就有人接走，但养着养着又动了感情，总是拖时间。

令人烦躁的是，他白天上班，晚上和朋友聚会，小狗就独自坐在走廊上，臭烘烘的，照顾它的就变成了我妈。

我给他打电话说，既然要养狗，就要自己负责，要定时遛狗，要牵狗绳，要给狗戴嘴罩，要捡狗屎，如果他不负责，那就送给别人养。他说他养狗是因为无聊，如果我有孩子了，他就可以不用养狗了。

我一下就爆炸了，他养不养狗，和我有没有孩子有什么关系呢？他真的是莫名其妙。

就算我有孩子了，我也不会让他带啊。

为什么很多问题，聊着聊着就能聊到子女的孝道上，我真的很无语。

可能是当天晚上我打电话的时机不对，他喝了一点酒，所以话赶话就吵起来了。第二天，我妈愉快地告诉我，爸爸一早起床就把狗送走了。估计他也意识到了拿狗与我生不生小孩来做对比，十分不合适吧。

2023/7/19

我常会突然去研究一个朋友或一个熟人的东西，然后觉得这个人真的很棒，很想合作。但又想到这些年做一些事情的艰辛，觉得对方也许比我顺利很多，应该不会浪费那么多时间来做这件事，然后就没有然后了。

过了好些年，大家熟起来，聊到这几年没有能合作有点可惜，我就会踌躇半天说出几年前自己的心思，对方就会说："我可以的啊，这些年我也没干啥，都在打转。"

因为害怕连累人，因为担心对方耐心不够，自己就做了一些决定。

多年后，一个朋友说起当年我们的交往，我似乎不够热情,甚至可以说冷漠。我便翻出新书里写的一段——我对自己喜欢的人莫名严肃,越喜欢越严肃,导致对方误以为我这样是因为讨厌。

拍了照,发了过去。

其实就是因为喜欢而已。

但也不觉得遗憾,正因为有了那种敏感和谨慎,所以很多事情才得以留下最合适的回忆。

## 2023/12/27

我永远会记得自己大三、大四时的一种感受——虽然穷得什么都没有,兜里没钱,未来无望,身后没背景,哪怕死在出租屋里,也不一定有朋友会在自己的"保质期"里找自己,哪怕在这样的时刻,我都对今后充满了信心。

今天的我仍喜欢那时的自己。

一张被风吹得发青的脸,连做个喜悦的表情都够呛,但心里那股热乎劲,隔着回忆都能感觉到。

那时的我,比起"未来"这个词,更喜欢"今后"。

"未来"听起来太远,而"今后"代表的是从今往后的每一天。

从今往后的每一天,我不会坐以待毙。

从今往后的每一天，我都会改变。

从今往后的每一天，哪怕什么都不做，脑子也一定不能停止思考。

感觉这一天的我，受到了什么刺激，或许也察觉到自己前段时间的倦怠了。中年男子在日记里喊出热血口号，也真是够热血的啊。

## 2024/1/4

写作本质上不是文笔的输出，而是自己与生活碰撞之后的输出。

你主动去做任何事，激发出的任何感受，记录下来都算写作的一种。

如果能从文字里蹚出一条思考路径，能预知自己面对不同事物的态度，这样的记录则能帮你思考很多未知问题。

## 2024/1/13

发现自己很久都不想与人争论了，不是因为宽容了，而是觉察到自己水平不够，很清楚地知道自己无法一句话将对方击毙，也清楚地知道继续争论下去，双方难有输赢，干脆不争。

你有抑郁倾向吗?

手机里蹦出这个弹窗,点击后,需要回答六十个问题。

想了想,决定回答。

问题各色,有些问题回答的时候印象深刻——那也是我每天在问自己的。

比如:

现在的不快乐你觉得是因为性格造成的吗?

你对未来是否常感觉没有希望?

你是否会思考造成现在不快乐的原因是什么?

你是否觉得生存没有价值?

你是否觉得自己没有魅力?

你有任何让自己感兴趣的事情吗?

…………

做完六十道题,提交。

系统说,需要我交二十九块九才能看到答案。

如果我有抑郁症,这下我会更抑郁吧……

我在做题的过程中,一直在思考这些问题,其实很多问题早已有了答案,于是点击了"离开"。

系统立刻给我发了一个可抵扣十元的券,让我别走。

我被系统彻底搞抑郁了……

说回抑郁测试的问题。

我常会冷不丁地对朋友说:"我觉得我现在情绪不佳,但不知道什么原因,你能帮我分析一下吗?"

我不太会在朋友面前掩饰自己真实的情绪,因为我深知,我靠自己一个人是很难找到根源的,不是因为我不行,而是因为人都会欺骗自己。

而朋友,则会站在旁观者的角度问你很多刁钻又不得不面对的问题。

去年很长一段时间,我情绪低落。

我同样问了朋友,朋友说:"你回父母家勤快了,你掏出手机拍摄你们在一起的视频的次数多了,你和你父母聊天的时候内容更放肆了,你是不是觉得他们老了?"

那一瞬,我被击中了。

我长大了,父母也老了。

那种不得不面对现实的情绪,挥之不去。

之前任何事情都有年轻的父母顶着,可以恣意做自由如风的少年;而现在,自己也要站出来成为挡风的人了。

意识到这个心理后,唯一要做的事便是接受现实,去做此刻一切自己认为正确的事。

不要无休止地沉沦，叹气，逃避，时间和机会都是在无法面对时溜走的。

就像我有时也觉得自己做人失败透了，朋友就会说："同啊，你最大的优点就是细心。任何朋友拜托你的事，你只要答应了，就会一直留心，一直关心，直到事情结束。这一点，你比任何人都做得好啊。"

那一刻，我就知道我对他们有多重要。

听我的，如果感觉到不舒服的时候，找个信得过的朋友，坐下来，相互把心摊开，把许久未见光的秘密，拿出来晾晒。

不然不开心的事积压久了，自己就真信了，就真抑郁了。

你把我当树洞，也可以。

说出来，最要紧。

我过去两年真的很丧气，然后录了好多视频，写了好多文章，分享自己是如何和坏情绪对抗的。然而最近，同事把我以前录制的视频更新到了视频号上。我重新看那些视频时，觉得自己好陌生，但我也能看出那时的自己在用那样的方式向外界散发信号，我在用那样的方式给自己鼓气。

说实话，我现在看着那时的自己有些羞耻，为什么就能这样去表达自己的痛苦和难过呢？但我更清楚的是，我能看到自己的自救。我允许自己从一朵浪花变成被礁石拍碎的水花，但我不允许自己随波逐流立刻被冲进下水道。

我撕开自己的困扰，把它摊开，一点一点理清楚交织在一起的部分，那些粘连结节、血肉模糊的地方往日被保护得太好，更应该被阳光晒晒。

虽然此刻的我为一年前的我略微感到尴尬，但我很感谢那时的我毫无保留地表达了自己，让我完完整整地认清了自己——做一个不欺骗自己的人是我去年最大的收获。

而我也想对各位说："如果你觉得吃力，先不必对抗，就算被雨淋湿，被风刮倒也没关系。等一切过去，尘埃落定，你拍拍身上的灰尘再站起来，一定能跑得比现在更为轻松。"

## 2024/1/15

都是阳光里飘浮的尘埃——

朋友的酒吧要换个地址重新开业，正式营业前，大家先开了一桌。

都是北漂，像阳光中飘浮的尘埃那样，突然彼此看见，就成了朋友。

这些年，见过不同的朋友圈一聚一散，再聚再散。

但又有什么关系呢？

异乡漂泊，抱团取暖，没人知道未来能走到哪里，起码现在能在一起。


**检验泰餐的三大标准——**

小象约我和默默年前聚一下。

他扔出了一堆餐厅。

我选择了一家叫"为人民服务"的泰国菜餐馆。

这家泰国菜餐馆是我十几年前刚到北京时，朋友带我去的。

印象里东西好吃，但感觉贵。

也有过那种念头——总有一天我不会再觉得它贵。

说起来，我对泰国菜的理解都由这一家而来。

酸辣生虾、冬阴功汤、虾酱空心菜，是检验一家泰餐的标准。

就像辣椒小炒肉于湘菜馆，辣子鸡于川菜馆，长岛冰茶于清吧，夜经济于一座城市一样。


2024/2/17

看到一段话，是姜文说冯小刚的，也不知道是不是真的，反正内容看起来挺像那么回事的。

他说冯小刚应该把葡萄酿成酒再端上来，不要总是打成葡萄汁就端出来。说的是人要会酝酿，要长期主义，要沉淀。

上午看到这段话的时候，我觉得挺有道理的，但写的时候我又反问自己：冯小刚会酿葡萄酒吗？如果他只会榨葡萄汁呢？难道榨葡萄汁就比酿葡萄酒差吗？虽然好的葡萄酒卖得很贵，但是我更喜欢喝好喝的葡萄汁啊。所以能不能榨出好喝的葡萄汁比会不会酿葡萄酒更重要，不是吗？

当然咯，我讨论的这些也和我无关，因为我觉得自己现在酿葡萄酒不行，榨葡萄汁好像也不行。

但以前好像是可以的。

我以前能快速做清楚很多事，也能潜伏很长时间做一件事，为啥现在就乱得不行呢？是因为以前对自己很有自信心？后来做了两次之后，都不如所愿，觉得自己是不是不行了？然后就失去信心，觉得自己做不好事情了吗？

如果自己真的做不好事情了，那我又该做什么呢？重新做管理？回公司做按部就班的事，很多事情只要不靠创作而靠性格，我是每天都能解决问题的。创作是一个长期的过程，我似乎很久没有体会过因为创作而被认可的感觉了。

因为我的创作很长一段时间没有得到认可，所以我现在对自己很不满意，只能靠和别人比较去找存在感。如果我的创作有了新的成绩，我就可以完全不在意很多事情。本来这些事情也都存在，但是因为我自己通过心理暗示能够屏蔽它们，所以它们就可以不存在。

每个人的心情都是由自己控制的，我现在之所以控制不住自己的心情，完全是因为我没有给自己一个合理的解释和借口。

我需要在创作上找到成就感，才能在面对很多问题时泰然自若。

这一次的剧本写得不错，但还没开拍，也不知道票房。我知道不必再期待，不然又会进入一次惨痛的跌倒中，我只要好好地把剧本写出来就好了。新书也是，感觉写得不错，但好像又缺了一些什么。大概是我此刻这种纠结，这种反复，这种很不加修饰的表达，在帮自己理清什么，这种摸索和跌跌撞撞也让我觉得安全可靠。

我在三十岁之前也鲜有成功，没有世俗意义上所谓成功的作品。没有一本畅销书，没有做过什么有名的电影，没有上节目被人认识，在自媒体上也没什么粉丝，但为什么三十岁之前的我反而比现在活得快乐呢？

我活得快乐吗？这是一个问题。到底是因为现在不快乐，而觉得以前可能快乐，还是因为以前也很不快乐，但是被我遗忘了呢？如果让我选择人生的话，是选三十岁我的人生，还是选四十二岁我的人生呢？我当然选现在的人生。

现在的我过得多好啊，努力又勤劳，健身有效果，和父母关系处得不错，养的宠物很听话，人生规划也一清二楚，有自己的房子，有自己的积蓄，想花钱也能花，想做什么公司也支持，我现在的人生几乎没有什么不好的。三十岁的我，什么都在担心，是不是因为担心的太多了，所以就没有什么担心显得尤其重要了。

三十岁时我有特别不喜欢的竞争者吗？是有的，我现在脑子里能浮现出几个。

那时我会因为他们的存在而心情很糟糕吗？想到的时候会，但时常想不到，想不到的原因是工作太忙了，要做的事情太多了，根本就没有办法一直去想。但后来，这些人好像都消失了，说白了就是被行业淘汰了。

但我还在，还在努力工作，然后又出现了一些很厉害的竞争者，而且很近。所以我要做的是什么呢？就是去做更多的事，少拿自己和别人比较，在各种事情中去获得成就感，然后没准某件事情给了我自信，我自己一下又能支棱起来了。

每周必须看书，看了书每周四认真分享一本书给我带来的所有感受，就说书，别的都不说了，自己分心也干不好。

然后看完了书，可以写一篇读书心得，发表在微博和公众号上，周四荐书啥的。

每天必须记日记，绝对必须百分之百不能忘记这件事，因为所有的感觉才是最重要的,而不是文笔。这几年我已经吃到苦头了。

和几位编剧多开几个项目,和大家一起解决一些难题。方向先确定,解决起来就不难了,之前出了一些方向性的错误,以后避免再犯这种错误。

不要和任何人比较,不要和任何人比较,以前没比,那些人都消失了,现在比了,感觉自己要消失了。

虽然这篇日记写得很乱,但是写完之后,我觉得自己的思路被理清了,知道了症结在哪里。

只要和别人比,就是一个错误,无论是好的还是坏的,只要比就是错误。

应该关注自己是不是变得更好了,是不是做完了今天要做的事情,以平常心对待任何事情。

我必须把自己的心态纠正过来,不要和任何人比!!!

一比就失望!一比就变厌!我过得很好!其实很多人羡慕我!!!

写这篇日记的时候明显情绪低落,但写着写着就感觉自己的情绪起飞了,这就是写日记的好处啊。

## 2024/2/18

前两天,也不知道什么原因突然想查一下自己的话费套餐。发现多年没变的套餐虽然自动续约打了五折,但依然比联通的新套餐贵出不少,于是气冲冲地问客服原因。心里知道白纸黑字怪自己不仔细,却觉得用联通十几年了,天天收到联通短信说我是尊贵的五星级用户,为何让我用的套餐却是最不划算的。

那种真心错付的感觉一上头,就开始闷闷不乐起来。

也不想自己去换更便宜的套餐,也不想听他们更好的挽留方式(据说去吵架威胁他们说要换网是可以的),我直接拿了身份证携号转到了中国移动。

办好的那一刻,有一种和相处多年却发现对自己并不真心的朋友绝交了一样的爽感。

于是把这个过程记录下来发了一篇微博,得到了不少人的共鸣。

我担心大家觉得我是对联通感到气愤,号召转到移动,特意在结尾写了不针对联通,而是反对各大运营商都对老用户不上心,只顾着花大代价和精力去招揽新用户。

有网友留言道破天机:"因为老用户是存量,不是工作考核的范围,而新用户是增量,关乎业绩。所以老用户在各大运营商看来并没有那么珍贵。"

还有网友总结得很好："就跟在公司上班一样，老板宁愿用大价钱去聘请新员工，也不愿意花钱给老员工涨工资。老员工被拿捏住了。"

本来只是提醒一下和我一样忽视流量套餐的网友，没想到第二天这篇文章上了热搜。

写完文章的我，心情只是爽。文章上了热搜的我，突然觉得自己有点价值。

这就是昨天日记里写的——如果我写的一些什么，能让大家觉得有意义，我就觉得自己好像还有存在感。

存在感越来越弱，感觉就算自己消失了，也不会有人在乎和记得。

这句话写下来没有什么问题，问题是——为啥我又突然在意起别人是否在乎和记得我呢？

以前我不被人认识的时候，从来没有这种困扰，为何现在我有了呢？

其实不是害怕别人不记得我，而是害怕周围的人觉得"我被淘汰了"？

就好像很多人并不害怕去尝试做很多事，也不害怕失败，却会害怕周围的人觉得"你看，他失败了"？

周围人的眼光，才是真正让人觉得如坐针毡的原因？好像是这么回事。

如果让我活在一个自己喜欢的环境里，每天做着自己的事情，每天都有成就感，哪怕从头开始，慢慢靠一项技能重新被世界认识，其实也是一件很有意思的事情。但一旦清醒了，就会立刻想"那周围的人会怎么看我？"。

原来"周围的人会怎么看我"才是让我无法随心所欲的很重要的原因啊。

昨天写了"只要不和人比较，就不会有焦虑感"。

今天又来了一句：只要不在意别人怎么看自己，就会活得很恣意。

说起来，"别人"真不是一个好东西，又不能比，又不能在意，听起来出家和避世就是一个好选择。

那"别人"的好处总是有的吧？

我仔细想了想，"别人"曾经鼓励过我，让我坚持做了不少事情。

"别人"对我的认可，让我觉得自己写的东西是有意义的。

"别人"在过很好的生活，让我心生向往，也想成为那样的人。

那为何突然"别人"从善面一下变成了恶面？

不应该是他们的原因，而应该是我的原因。

我把人数众多的"别人"缩减成了自己眼里的"少数几个人"。

我总想和自己眼里的这几个人比较，我总在意某几个人的眼光，就算我真的赢过了这几个人，让这几个人满意了，那我的人生中是不是又会出现新的别人？

所以别人并不是敌人，我自己总是想去证明自己才是敌人。

一旦我不再想去证明自己，就不会陷入以上的困境，但我可以尽可能投入地去做好自己的事情。一来自己充实，二来一旦做得还不错，老天自有奖励，但与证明自己无关。

为啥"证明自己"在我这儿又占很大的比重呢？真是一个枷锁套一个枷锁，累都累死了。

小时候证明自己实则是因为太多人对我不抱期待，语言贬低，而我那时也确实资质平平，只是有一颗不想被继续羞辱的心，好在我的成长跟上了我的尊严，慢慢用一些事情证明了我还算是为人处世都利落的人，得到了一些肯定。其实到这儿，我已经完成了证明自己的任务，毕竟我只要考上了大学，找到了工作，养活了自己，就足以证明"刘同一辈子没出息"这句话是错的。

我还偏偏给自己加了戏，非要让那些人觉得自己看走了眼……

这一步一步走下来，我好像演戏上瘾了一般，如果不能持续下去，就感觉自己改写了剧本。可如果按照一部好看的电影的标准来衡量，如果持续努力的话，主人公和观众都应该毫无兴趣了吧，这时主人公必须开点小差，要进入人生低谷，然后悟出一些与之前不同的东西才对。

"证明自己"只是小时候给自己写的励志剧本罢了，长大了落幕了就应该演相应年纪的剧本了，比如活出自我，每天开心才对嘛。

没有人的剧本是可以演一辈子的，我们总要为长大的自己考虑。

做孝顺的子女，做有担当的兄长，做飞出山窝的金凤凰……这些都是最初的设定，不能伴随我们一生。如果我们做到了，就应该给自己那一出的人生落幕了，开启新的篇章才对嘛。

我觉得就是这样的。

## 2024/2/29

去年一时兴起，在网上买了一条八百多块的红色真丝领带。收到之后发现自己驾驭不了，就一直放在柜子里。

这两天，突然觉得应该把这些买了又用不上的东西挂在闲鱼上卖掉。

卖多少钱好呢？

为了赶紧出手，不想再放在那儿影响心情——每看到一次，就觉得自己很傻——就选了个自己的生日数字，二二七。

基本是两折多一点，也写明白了，不还价，拉扯的过程令人心情不好。

我想，如果真有喜欢它的人应该会觉得价格非常不错，几乎就是白捡了！

很快就有人来询问，我拍了照片给对方，对方很喜欢。

对方说自己很有诚意，价钱能不能少点，把二十七块抹掉，二百块他就买了。

我说就是二百二十七块，不砍价了。

对方又说："你想想呗。"

我看着这条留言，很认真地想了想，觉得二百块卖掉，不如送给朋友算了，起码还算是个不错的礼物。

这么一想，就直接把领带下架了。

过了两天，这个网友问我："卖掉了吗？"

我说我害怕砍价，本来只是想省点心的，但一来二去，我觉得这条领带不值得我那么费心费力，不如直接送给朋友，心情还好些。

对方说："那就二百二十七块卖给我吧。"

我满脸问号，在闲鱼卖个东西怎么那么累？

我觉得自己的性格太不适合闲鱼了，我根本经受不起任何拉扯。

以后东西还是送人吧。

**写在出版之前：**

其实挺多日记显得我挺不成熟的，但这些已经是比较得体的部分了。如果有一天能毫无顾忌地放出其他日记，完全不在意别人怎么想，应该很有趣吧。整个世界是一个巨大的"草台班子"，我是成员，别人也是，我傻，别人也好不到哪里去。

但无论未来怎样，写日记这件事情可真是有趣。

是吧。

自　语

感觉人生这一路走来,总有人在我行进的路上撒了些种子,栽了些花,种了些树。所以我也总能在很迷茫的时候闻到远处的花香,在烈日暴晒的时刻有一处阴凉得以栖息。

我知道自己走了很远的路,也知道自己这一路走来有多辛苦,但如果没有那些暂时的停留、陌生的温暖,恐怕我早就被自己抛弃在了半路。

每每想起这些,就觉得自己很幸运,遇见过很温暖的陌生人,所以也常告诫自己,希望自己也能成为一位很温暖的陌生人。

## Chapter 6

月明星稀

WAITING
FOR
EVERYTHING
TO
CALM
DOWN

明亮的月光下,你如星星般的心事也藏了起来。

你内心的月光越是澄澈,你回家的路就越明晰。

你低头疾步行走,无须再抬头找天边那颗启明星。

你平淡地说出一切,就好像一切都没有发生过一样。

# 记忆银河里的星星点点

## 1 六十六层的酒吧

二十多岁时,朋友带我去了刚开业没多久的"北京亮"酒吧,那是银泰中心的六十六层。需要从一层大堂乘电梯到六十五层,然后再从台阶步行到达六十六层。

我记得第一次去的时候,正值北京秋天,天气好得很,四周是落地玻璃,整个北京城一览无余。

我很紧张地问朋友:"消费很贵吧?"

朋友低声告诉我:"咱们就一人一杯鸡尾酒,给他坐到打烊!"

赏景最佳的地点都是有最低消费的卡座,朋友和我坐在吧台区,吧台的大理石台面散发出淡淡的金黄色荧光,那是大城市给每个人织出的镶了金边的梦。

其他客人打扮入时,谈吐优雅,仿佛早已知道自己也是酒吧风景的一部分，只有我和朋友是到此一游的客人。

朋友问我："你觉得在大城市立足是种什么感觉？"

我指了指几乎订满的卡座："如果有一天，我能来这个酒吧，随意开两瓶酒，也不问价格，估计算是在这个城市立足了吧？"

朋友哈哈一笑，举着杯子："祝你早日在北京立足。"

我为了表示自己的决心，便大大地喝了一口手中的金汤力。

朋友立刻制止我："喝慢一点，晚一点还有免费的爵士乐队，咱俩要靠这一杯酒再熬几个小时呢。"


现在想起这些对话，我依然觉得快乐。

没有钱的日子虽然拘谨，但偶尔站在游乐场的大型游乐设施旁，看别人忽高忽低地尽兴玩乐，自己也能从他们的身上、脸上感受到别样的情绪。

每次经过国贸CBD（中心商务区），看见银泰中心时，我心里总会闪过一个念头：自己到底何时能去那个叫"北京亮"的酒吧毫不心疼地消费一次？

只是过了很多年，直到今天，我都没有毫不心疼地去消费过一次。

但特别要好的同学来了北京，我会带他们去那里，一人点上一杯调酒，看看风景，听听歌，拂拭拂拭快要被北京沙尘盖住的热烈自我。

"你现在的生活可以啊，纸醉金迷的。"大学同学说。

"我的生活根本不是这样，就是带你来见见世面，看看人家的生活。"

"你想过这样的生活吗？"

"完全不想，感觉自己不配。当然我也过不好这样的生活，每天都会想着啥时候梦就醒了，这种不踏实的人生还是算了。"

"那你相信我们的人生会越变越好吗？"他又问。

比起几年前，我换了一个回答。我说："我的人生已经越变越好了，只是和这些高消费无关，而是我越来越知道自己的兴趣和安全感来自哪里了。"

"来自哪里啊？"

我看着他几近掉光的头发，摸了摸自己尚在的秀发，告诉他："来自我还有头发！你先坚持给自己的头发喷上一年的米诺地尔生发剂，再来问我这个深奥的人生问题。"

"你连自己的头发都管理不好，谈什么管理人生呢？"我说。

## 2 必胜客

其实必胜客也是。

很长一段时间，我都把必胜客当成犒劳自己的必选餐厅。

如果很在乎某个人，就会约对方去一次必胜客。

会在自助水果盘上狠下功夫，学习其他客人如何叠出十几层水果塔的效果。

如果朋友被我叠自助水果塔的耐心和层数震惊到，那天我就会很开心。

当然也总是会想，如果能挣到每天都去必胜客消费的钱就好了。

后来慢慢地真的挣到了每天可以去必胜客消费的钱，却没时间再去了。

直到有一天再经过必胜客时，进去才发现自助水果塔已经被取消了。

好像有段回忆被尘封在了过去。

2004年的春天，我和好朋友在长沙五一广场的必胜客坐了一个晚上，做出了一起北漂的决定。

好想约上他们，再回一次五一广场的必胜客，再比一下谁的水果塔叠得比较厉害。

不过那时的朋友全都散了，间或听到彼此的消息，顶多感慨两句也不再有下文。

二十出头的时候总是为别人的事情操心，觉得谁都不如自己想得明白。

人一旦过了三十岁，才能意识到其实自己过得也不如意，担心自己就足够消耗体力了。只想遇见一说就懂的朋友，那些说了也不懂的人，看一眼就知道不会再有交集了。

就好像必胜客不再有自助果盘后，看一眼就知道，那里对自己变得不再有特殊的意义。

## 3 隔夜菜

我来北京十八年了，似乎从来没融入过。

当初和朋友们买了一张团体票来逛京城，逛到多数人都退场了，我还在十几年如一日地等四季变幻的风景。

老家的朋友觉得我对北京熟稔的程度是能准确说出四环内每一个红绿灯路口。我倒是也能闭着眼绘出那张地图，我觉得自己就像《美国丽人》中一直在空中飞舞的垃圾袋，在北京的空中打着转，凭着自己的轻和一口气，总有办法不掉在地上。

我熟悉这里的东西南北风，风里的温度，温度里的尘土。

那不是很有归属感吗？

其实风和尘土，和我一样是过客。

这里没有任何一家餐馆能让人念念不忘，他们甚至撑不过三五年就关店了。

这里也没有任何面熟的服务员能在一家餐馆待上个大半年，能在我进店时说一句："您来了。"

理发师每两年都要告一次别，朋友每三五年就要换一批，租的房子也在各个房东的抱歉下隔三岔五地换着地址。

好多新认识的朋友拖着自己的行李箱从城南到城北，抱着自己的梦从城东到城西，去顺义去昌平，去燕郊去大兴，地铁延展到哪里，他们就搬去哪里，只要能节约几百块的房租，好像一切都没关系。我和他们的关系也随着他们在北京居住地的改变而若即若离。

每个人每天都要花几个小时在上班和谈事的路上，总觉得终有一天会有一个结果。那种细微的等待像沙漏一般，从第一天北漂就开始倒置计算，又会在决定离开北京时将这些微小的希望重置，拱手送人。

有时会和朋友聊起北京和上海的区别。

朋友说："北京是土，上海是too much。"

这种破谐音梗愣是让大家爆笑起来。

笑着，我突然意识到了北京对我的意义——正因为北京的存在，才让我如此怀念家乡，珍惜回忆里的那些闪光点。

这座我融不进去的城市，用它的方式让我变成了一个念旧的人。

"孩子，你还是回家吧，你可以住在我这儿，但你的心可以先寄回家乡。"作为房东的北京很客气地说。

这座城不伪装也不讨好，它把冰箱里的隔夜菜端到你面前，说："想吃你可以自己热。"

于是你怀念家乡随叫随到的母亲，怀念餐馆热气腾腾的米饭，怀念围着你转的小狗，怀念去邻居家吃过的饭。

"可你为什么还在北京呢？"有人问。

我想，我总要学会给自己热隔夜菜吧。

## 4 习惯

有几首歌，是我在特定心情下一定会重复听的。

只要听到，脑子里的水龙头就被打开，敲击键盘，文字可以流去任何地方。比如我刚听到陈冠蒨的《留一点爱》，于是放下书，拿出了电脑敲下这些文字。我突然发现自己似乎从来就没有仔细看过这首歌的歌词，只是觉得歌曲的旋律节奏和歌手演唱时的状态特别有趣。

如果给我一个机会做歌手，我大概会唱这样的歌吧。

我曾把这首歌很隆重地翻出来和朋友分享，他们不太能理解我的偏爱为何而来。

换作二十出头的我可能会失落，觉得为何自己喜欢的东西别人不懂，但三十多岁的我毫不失落，反而觉得自己的喜欢可真是太独特了。我还有那么偏执的欣赏，而在这偏执的欣赏里我还能获得那么大的快乐，我就感觉活着很赚。

安妮宝贝又出新书了。虽然她早已改名叫庆山了，但她改名和我似乎没什么关系，我依然叫她安妮宝贝。不知道是不是哪位高僧建议她改名，又或是她想和过去的自己断舍离，但每次看她微博的名字叫庆山-安妮宝贝，我就自动转换成庆山·安妮宝贝。庆山是她的名字，安妮宝贝是她曾经的姓。

她的书读来读去，都像在读同一本书。不是贬义。

白先勇曾和林怀民聊天时说："一个作家，一辈子写了许多书，其实也只在重复自己的两三句话，如果能以各种角度，不同的技巧，把这两三句话说好，那就没白写了。"林怀民问："你觉得你说出自己的话没有？"白先勇回答："没有，至少还没说清楚。"

一个人长久写作，内底不变是一件多么值得庆幸的事情。

我觉得她依然在尝试用改变文字组合的方式去尽量精准地表达她自己，而在这个过程中，我能体会到作者的这种费力。

她的文字依然自言自语，像是从宇宙某个微小部分截取一枝花插在瓶子里，这鲜切花能活多久仿佛无人在意，那种姿态和阴影就显得够有腔调。

她出，我就买，很快就读完。

朋友问："她新书写了什么？"

我支支吾吾，想了想说："她是在写以前的那个我。"

朋友不解："写以前的你？"

对，我在看书的时候首先开心的是，我依然能从她的文字里感觉到当年的自己，那种遣词造句、节奏停顿依然还能让我觉得似曾相识，就像我千里迢迢回了一趟老家和朋友见面，也像是老朋友千里迢迢从国外回来和我促膝长谈了一夜，我们不聊新事，只谈旧情，轻易就被泪水涸了眼眶。这是几年一度，我与青春期的自己的聚会。

## 5 《泰坦尼克号》

电影刚上映时，学校组织看过一次，那时觉得长，中途睡着了，看不懂其中百绕千回的情感。但周围人都说看哭了、好看、震撼，我觉得自己发育迟缓，无法理解世上很多情绪。

高中毕业后我又试着自己看了一次，依然感受不到独特性，看了一半就放弃了。

后来我的工作从光线的电视部门转岗到了电影部门，需要大量恶补电影知识，于是又看了一遍。第一次感觉到惊讶和震撼。后几年我又看了好几次，每一次都被新的细节打动，为新的视角唏嘘。

第一次看懂《泰坦尼克号》，是看了一对年轻男女荡气回肠的爱情。

后来再看，从第一秒就当成了一场杰克命中注定的赴死之旅。

露丝跟着杰克在甲板上吐口水，最初看我的反应是跟着大笑，前几个月看我却变成了感叹，感叹这样的爱情真好。

船要下沉了，乐队一直在用音乐抚慰人心。小时候看，只觉得乐师们坚守岗位挺从一而终的。长大了再看，才发现他们对音乐的信仰打败了他们对死亡的恐惧。

一开始只是把一些情节当成了情节，后来才能看出情节里隐藏的善意。杰克第一次参加晚宴，没有合适的礼服，暴发户夫人把自己儿子的礼服借给了杰克。光是这个行为，就让我感动了很久。

史铁生曾经写："我常以为是丑女造就了美人。我常以为是愚氓举出了智者。我常以为是懦夫衬照了英雄。我常以为是众生度化了佛祖。"

我才猛然发现恰恰是年轻时我的愚钝、我的幼稚、我迟缓理解外界的能力造就了此刻那么多的精彩。

理解每一种动人的情感都需要一把钥匙，我庆幸的是这些年，这一路，我搜集了许多钥匙，虽然我已很难一一对应每把钥匙的来处，但我知道如果没有那些经历，我整个人是干瘪又麻木的。遇到一部好电影，阅读一本好书，和对的人相谈甚欢，放任自己大哭一场，眼泪能让自己从一条咸鱼恢复成鲜活的样子。《三体》脱水的人类需要靠一场大雨来复活，我只需要一场眼泪便可以。

我真了不起。

## 6 好奇心

我一直以为自己最惬意的时刻是独自待着的时刻，但经历了很多次独处的时光后，我要更正一下之前的说法——一个人待着很重要，你身处的环境附近没有任何可以交流的人更重要。

一旦你脑子里能闪现出几个能理解你的人，你在潜意识里便会思考如何与他们沟通，如何表达能清晰又准确地翻译出自己的内心。

如果这样的人不存在，你都不会产生想要被理解的欲望。

人有多脆弱呢？一旦有人有迹象能理解你，你就变得急需被理解。

人有多冷漠呢？一旦你觉得自己本该寂寥，就没有任何人的任何举动能影响到你的情绪。

人有多自由呢？一旦你能跟随心意晃荡，你就能通过这个世界的任意信息连接去往任何地方。

因为出版社寄来的需要阅读的新书太多，于是专程腾出了一晚的时间收拾书房，清理旧书。

有些书送朋友，有些书带去公司，还有些书值得占用永久的位置，常看常新，除了书新，阅读的人也是新的。

突然就翻到了一本《在漫长的旅途中》，白色的封面，从来就没有打开过。

翻了几页发现是一本移居阿拉斯加的生活札记。作者文笔很细腻，中文翻译得也恰到好处。那种感觉就像看见了一杯茶，喝了一口，没想到温度适中，没想到浓度也在可接受的范围内，放下茶杯，舌尖的余味却涌了上来，于是再度端起茶杯。

作者叫星野道夫，是一位世界级摄影师。上网想多查一些相关的资料，却发现作者四十四岁在拍摄外景时被棕熊攻击不幸离世。

带着异样的心情开始阅读作者生前的文字，他在一篇文章中提到了自己八十岁的朋友想在离世前去一个人迹罕至的湖，提到了阿拉斯加的季节是如何更替，动物又是如何迁徙的。

文字构筑出我能想象的所有空间，但真实的场景又与我的想象相似吗？

我放下手中的书，开始在网络上搜寻阿拉斯加相关的图片，真的就如同我想象的一般。

有些图片定格的一瞬间就是它最好的样子，但有些图片的色彩和元素流动起来会更美。

于是我又开始搜索关于阿拉斯加的纪录片，找到了《最后的阿拉斯加》——这是一部讲述最后一批阿拉斯加居民的纪录片，这一批居民离世之后，这个面积一千九百万英亩（约七万七千平方千米）的北极国家野生动物保护区就不再允许任何人居住和打扰了。

明明是清理书柜的，然后发现了一本没看过的书，觉得不错就坐在地板上看起来，从文字寻向图片，从图片寻向视频。我跟着自己的心意一点一点朝远方靠近。

碎石滩上的棕熊足迹，过冬必须熏制的麋鹿肉，将马达搬上小船，将小船变成小艇，小艇划破宁静清澈的河面，划破四季的交替，划破一个人人生中的六十年，荡起的水面泛起的縠皱，是大自然对过往时间的缓缓消解，时间融进水里，消失不见。

一对老夫妻居住在大雪纷飞的阿拉斯加，我一个人居住在北京的四环边上。

那天下班后，我打开电视，北京的四环边便少了一个人，我去阿拉斯加"住"了一晚，带着凉意醒来，赶往公司的晨会。老夫妻说他们要去猎熊，我们告别，约好了改日再见。

一个人，突然被耳机里的陌生声音和旋律吸引。

然后点击看歌手的简介，突然有了兴趣，翻出那首歌所在的整张专辑。

若是又诱发出了某种久违的情绪，那晚便会推掉所有的相约，专心致志去了解一位歌手，看看是否能够和对方成为不错的好友。

歌曲的MV，视频网站上他的访谈，每首歌下的评论，自媒体上他的动态……我穿梭在每一个有他身影的地点，我的好奇为他淬炼出一厘米厚的铠甲，毕竟多一人喜欢就为他多添一分抵御外界的力量。


看《心灵捕手》，灵魂被一段话彻底打了一个激灵："你只是个孩子，你根本不晓得你在说什么。所以，问你艺术，你可能会提出艺术书籍中的粗浅论调。有关米开朗琪罗，你知道很多，他的满腔政治热情，与教皇相交莫逆，耽于性爱，你对他很清楚吧？但你连西斯汀教堂的气味也不知道吧？你没试过站在那儿，昂首眺望天花板上的名画吧？肯定未见过吧？如果我问关于女人的事，你大可以向我如数家珍地述说，你可能上过几次床，但你没法说出在女人身旁醒来时，那份内心真正的喜悦。你年轻彪悍，我如果和你谈论战争，你会向我大抛莎士比亚，朗诵'共赴战场，亲爱的朋友'，但你从未亲临战阵，未试过把挚友的头拥入怀里，看着他吸着最后一口气，凝望着你，向你求助。我问你何为爱情，你可能只会吟风弄月，但你未试过全情投入真心倾倒，四目交投时彼此了解对方的心，好比上帝安排天使下凡只献给你，把你从地狱深渊拯救出来，而对她百般关怀的感受你也从未试过，你从未试过对她的深情款款矢志厮守，明知她患了绝症也在所不惜，你从未尝试过痛失挚爱的感受……"重复看这段台词很多次，这不就是年轻又不自知的自己？

因为这段话，去查阅了导演格斯·范·桑特的生平。后来又陆续看完了他的《心灵访客》《大象》《我自己的爱达荷》《米尔克》……

好奇心就像是《莫斯科绅士》中那把万能钥匙，能打开大都会酒店所有房间的门。没有人会阻拦你，只要你行为得体，静静地欣赏，你能潜入任何人的世界里，并完成和他们的隔空击掌，你能找到这个世界上真正理解你的人。

或许就像你此刻在读我的文字，可能会产生的那种感受。

## 7 跷跷板

以前写过一句话："年轻最大的好处就是输得起，什么都可以试试。"

那时是真的年轻，秉承着这句话为自己做了很多重大的决定。

选择北漂，选择进入光线传媒，选择跳槽去待遇更好的公司，之后又选择降低待遇重新回到光线。

选择在工作中不站队。

选择相信现在的出版人，没有一纸合约，已经合作了十几年。

选择帮朋友，把全部的积蓄拿出来投资，最后打了水漂。

选择不去拥抱更有诱惑的机会，以至于在原地停留了很久。

当年一起出发的人有很多，做出不同选择的人也有很多，很多人都觉得人生的每个选择都是个跷跷板，和命运较量，赌上前途。一旦选对了，人生从此就能从下坠变为上升，将颓势扭转为顺境。

回望自己过去十年、二十年前做出的那些选择，我才发现人生的抉择并不是走向一个跷跷板那么简单，它更像是你拿到了不同科属的种子，你需要为它匹配上足够合适的湿度、光照、温度，给予它足够多的耐心，它才能为你呈现出新的生命。

大树有大树的风光，但挤在原始森林里，一旦被其他树木遮蔽阳光，无法进行光合作用，也会夭折。

苔藓有苔藓的低调，但慢慢地也能在大地上连绵成一片新绿。

你站得高，可以知道远方的风景。我贴紧地面，知道土地的脉搏。只要各自都坚持自己的选择，就能按自己独有的方式活着。

身边的朋友们每天都被选择困扰着，考了公的被一成不变和一劳永逸困扰着，分手的被前途和不甘困扰着，离婚的被自由和财产困扰着，转行的被工资和空间困扰着，远行的被家乡和未知困扰着，没有想法的被网络的各种意见困扰着。

你做任何选择其实都行，只要你愿意为其付出更多的时间，总会活出自己想要的样子。

## 8 奇怪的人

我约了David下周见面，他是和我走得最近，最聊得来的，出生在六十年代的朋友。他从公关公司荣退之后，便做起了直播带货。我看了几场，效果一般，他常因为说错话被系统下线。重新开播后，他一脸尴尬，对着在线十几个人解释前因后果。

我看得出他对新挑战很有兴趣，也看得出他对自己的直播状态感到有些难堪。

所以我期待听他说个中的感受,他总是能把一件看起来简单的事情拆分得很细,而听众也能从细节中了解到某件事情更多的本质。

他新认识一个"00后"朋友,最喜欢穿一件二十块钱的冒牌香奈儿T恤,他问:"为什么你喜欢穿一件假的奢侈品?""00后"朋友一头雾水:"什么假的奢侈品?"他说:"这个logo(标识)就是香奈儿啊。""00后"朋友说:"我不认识,我就觉得这件T恤质量还不错,图案也好看,就买了。"

我听他说这些,觉得有趣极了。

他去大学做讲座,本来是分享行业经验的,说着说着就和同学们普及起两性知识。他说大家一开始很害羞,后来会主动问很多问题,他很困惑,说好像对这些方面,大家只能在网上看,从没有人和他们聊过这些。

David喜欢旅行,喜欢对各个国家的路人说:"你好,我可以给你拍一张照片吗?"

拍了照片,就可以聊天,聊了天就可以喝酒成为朋友。

他总说:"天下没有陌生人。"我笑称:"拒绝你的人多了去了,只是不拒绝你的人更多!"他说:"确实,主要是我不害怕丢脸。"

有朋友知道我和David蛮熟的,就常问我:"一个'看起来每天很闲的世界级公关公司的董事长'到底是如何保持思考的，又是怎样去了解年轻人在想什么的？"

这个问题我也问过他，他哈哈一笑，毫不掩饰地分享他有一个群，全是他在各地认识的"95后""00后"，好几百人，里面的人互相都不大认识，每当他有什么事情想了解更多不同年轻人的想法时，就会在群里提问。

问题包括又不局限于：你们认识某某某艺人吗？这个品牌大家认识吗？大家听过一部即将上映的电影吗？

大多数人都会发表自己的看法，然后他再发个红包让大家热闹一下。他说建这个群蛮开心的，相当于拥有了一个特别厉害的智囊团，不是因为他们的意见有多专业，而是他们的意见才是鲜活真实的感受，真实的感受比空洞的数据更重要。

马一浮先生曾写过："已识乾坤大，犹怜草木青。"意思是即便一个人经历了世事沉浮，阅尽了人间沧桑，当俯下身来看到草木生发、春回大地时，依然能够生出喜悦之情。如果用另一句俗语来表达则是"知世故而不世故，历圆滑而弥天真"。

## 9 小宇宙

一天晚上，我在微博上刷到了一条观点很负面的信息，里面提及了我某个朋友。

我和这个朋友并不熟，但是我很喜欢他，这么多年来他做事一直很专注，专业也相当出色，我很担心这样的言论会对他造成影响，于是我打开微信，给对方发信息。打了一些字又删，最后只发了一条："打了一些字又删掉了，我只是突然看到关于×××的一个帖子，也许你会看到，我很想告诉你，你现在真好，在我的角度看起来，你做得相当令人钦佩，希望你不会被网上这些言论所影响。"

他回复我，其中一句是："谢谢哥，我突然对自己又有了信心呢。"

我知道我的行为在一些人看来很突兀，但我觉得有必要这么干。其实我也时常收到一些朋友给我突然发来的长长的信息，有些是看到我的文章后觉得我可能进入了低谷，于是开导我；有些是因为看我录制的视频里状态很好，特意说一句："我觉得你现在的样子很棒啊。"

我从来不会觉得自己被冒犯到，有人愿意主动和我说起这些，不仅代表我在他们心里，也代表了他们是真的觉得我不错，他们希望看到我快快乐乐的样子。

你无意发出的信号，突然在夜里收到了外太空传来的回复，你便知道了在这个宇宙中并不是只有你一个人。

## 10 做决定

弟弟在一个三本院校考研，考到了四百多分，很不错，但是英语只有五十多分，上不了理想的重点大学，要么被调剂到一个普通大学，要么为英语再战一年。

他问我的意见，我说你选哪个都行，只要你不是过了两三个月就突然后悔，觉得自己不该做这个选择就行。他埋怨我对他太随意了，不负责。

我问他去买衣服的时候，每一次都会去换衣间试穿吗？还是有时放在胸前，比一比，大体合适就买了？他说都有。

我说："那不就结了，你对你自己和那件衣服毫无把握的时候，就要拿着衣服去试衣间。如果你知道自己可以穿，也觉得那件衣服好看，就会直接买单。

"以你的成绩，专攻一年英语，肯定能上岸，只是你会担心又多浪费了一年，害怕万一还是不行。你要克服的是你恐惧的心理。

"以你的成绩，调剂到一个普通大学也肯定没问题，但你人生中第一次考得那么高，证明你是有机会去读重点大学的，一旦你进了学校碰到任何不如你所愿的事情，你都会产生动摇，觉得自己应该再考一次。你要克服的是你的欲望。

"如果你的欲望占了上风，那就选择为自己拼一把。

"如果你的恐惧占了上风，那就稳住，让自己平稳过渡。"

这又回到了最初写到的人生的选择上,无论你做任何选择,都要相信自己做出的决定是当下最好的决定,这样才能全身心去面对和解决由此引发的一系列问题。

## 11 破局

和我弟玩《俄罗斯方块》,他总是飞快结束游戏,而我总能死撑很久。

他问:"到底是怎么回事?"

我说:"你的方块到处乱放,从来不给自己留一些空间。"

他:"我留了啊,但总不来合适的。"

我:"你才留了几轮啊?两三轮没有合适的砖块,你就把那个空给堵上了。这游戏的规则是,你留的空越多,消除的层数也会越多,奖励的分数也越多。"

他:"你说的我明白,那我到底要怎么玩呢?"

我:"给自己留更多空间,给自己更多耐心,来了合适的砖块就填进去。"

这是很多年前我和我弟的一段对话。

为啥突然又想起来了呢?因为最近我被好些人问:"我

该怎么突破自己的人生，破个局呢？我觉得自己已经迷糊很久了。"

我问："在你过去的人生中，坚持过的最久的事情是什么？吃饭睡觉不算。"

对方一般很难脱口而出，我就举例，比如我自己养狗养了十六年，写作写了二十多年，在一家公司待了近二十年，运动健身了十年，这些都算是某种坚持。

甚至我说完之后，也有人不明白这个坚持与人生破局的关系。所以我就拿出了关于《俄罗斯方块》的对话来解释——"人生中任何一种坚持都是在给自己的人生留一些自己的空间，不被外来的东西侵占。一旦坚持得足够久，留出的空间足够多，当某个机会到了时，你的人生自然就开始上大分了"。

"那这和养狗有什么关系？"

"以前我下班之后总是去和朋友聚会，一直到半夜才回家。后来我养了狗之后，为了及时遛它，我只能下班就回家，不仅省了聚会的费用，还节省了很多时间，自己可以写东西、看东西。因为养了狗，我的夜生活也被戒断了，我自然比之前的自己充实得多。"

对方依旧似懂非懂。

"人生中的任何坚持，久了就一定会有某种效果，水滴石穿也好，种子发芽也好，都需要持续去做，才能看到质变。如果你心急如焚，什么都在尝试，尝试几次之后又放弃，哪里好就扑向哪里，你本身是没有任何机会上大分的。公司提拔一个人不仅要看能力，能力是需要经验和时间累积的，更要看一个人的人品和忠诚度，人品和忠诚度更要靠时间去证明。大众要接纳一个人，也不是靠这个人一两次的爆红，而是这个人的过去经得起深挖，之后经得起毒打，说白了就是真正的功夫都下在别人没有注意到你的时候。

"算了，你给我一个邮寄地址，我送你一个《俄罗斯方块》手掌机。"

## 世界的鼓风机一关，一切就都自然落在地上

某个没有察觉的瞬间，我开始对人与人之间盛大的友情感到索然无味。

以前看见有人街头喝得半醉，却用半醒的理智高喊"我们永远会在一起"时，我都会热泪盈眶，羡慕得要命，很想把自己灌醉加入他们。

现在再看见类似的情形，会笑一笑，只觉得年轻真好。

年轻的热忱大概就是锅炉里的煤炭，熊熊燃烧直到余烬微温，再被一整车地倒掉。

热忱的质量是类似的，体积是类似的，唯一不同的是，你被清理之前，是否完全将自己燃烧？

我总以为我从中学时代的谄媚型人格变成了今天的孤独型人格，完全是因为我学会了独处，知道如何去打发和利用一个人的时间，也能享受和沉浸在一个人的时间里。我也总以为现在的我不喜欢和朋友过于亲密，是因为害怕"与最好

的朋友绝交"的情形再度上演。

在翻阅《未经删节》这本书时，作者从自己进入出版行业之初开始回忆，我也就将自己进入传媒行业的经历从箱底翻出来，逐一对比。

我突然意识到，我现在之所以害怕在人与人的关系上投入情感，完全是因为我在工作中不断地失去造成的。

从大学实习开始到今天，这二十几年里，严格来说，我换过五批工作伙伴。

我运气很好，每一批伙伴都曾让我热泪盈眶，每一批伙伴现在回想起来，依然让我兴致勃勃，就算大家再相聚，也能聊个几天几夜。只是，大家很难再聚，也不会再想聊起过去。

只有一个人对未来看不透，又充满乐观的时候，才会把注意力的焦点放在过去有趣的事情上。随着年岁增长，每个人都担心着自己的未来，觉得未来不会更好，心里满是悲观。

涉世未深的年轻人是后轮驱动的车辆，车头随便往哪个方向，后轮只管高速运转。

历经风雨的中年人是内燃机驱动的火车头，身后拖着不知道多少节车厢，气喘吁吁地驶过冰雪山川。

这也就注定了成年人和成年人的相遇，只会在交错的那一刻鸣笛，以示祝福和怀念，然后各自奔向远方。

我的热情又是如何消耗殆尽的呢？

大三时，我投简历加入了湖南台的总编室实习，负责台里的一本内刊。这是我加入的第一支团队，我的工作就是向电视台各个频道的各个节目组约稿和催稿。电话里，电视人客套又冷漠，就算口头说考虑考虑的事情，再打电话就不接了。于是我只能跑去对方的节目录制现场，等他们录制完毕，再过去介绍自己的身份，以及工作的内容。电视人任性和直接，指着凌乱与忙碌的现场，说自己压根就没有时间写任何相关的稿件。我就说，能不能我跟着你们待几天，然后我写，写完了你们审核？

就这样，我很快和节目组的人打成一片。

实习生里，我完成工作的速度总是很快，总编室的老师也很好奇为什么我就能按时让节目组交稿，几乎没有拖延过，我说都是我写的。然后老师就让我去帮助其他实习生的工作，大家都喊我"同哥"。

那是我第一次获得这种尊重，也很享受这声"同哥"，大家有搞不定的事情，只要告诉我，我都会想方设法解决，大不了就是熬个夜，多写一篇文章罢了。

我即将毕业，总编室的老师约我聊天，很遗憾地说："总编室没有招聘的名额，不然我们肯定会把你留下来。"

这是我待过的第一个团队，每次我从学校坐一个多小时公交车去台里都很兴奋，丝毫不觉得累。我也很失落，大家相处得很好，我也很努力地工作，不管过程多么令人怀念，但结局早就写好了。

这里只是我和其他实习生短暂的一处交会点，最终我们会分别，四散他方。

如果能一直待在一个安全的团队里就好了。

毕业后我很幸运，恰逢其他频道招聘，我考了进去，先后经历了两个频道的两个节目组。

两个节目组的制片人对我都很好，愿意把麻烦事交给我处理，虽然我并无经验，但我喜欢别人对我的那种莫名其妙的信任感。所以很多事，哪怕最后做得不够优秀，但我在过程中尽力了，也会让整个团队知道"刘同这小子，还挺拼的"。

我很喜欢我正式入行的第一个团队。很多前辈在工作中对我的态度都很刻薄，觉得我怎么这也不懂，那也不对，我很喜欢他们对我的挑剔，因为他们在各自的岗位上都做得很出色。我们每晚六点半直播，一旦发现我的工作完成不了，要开天窗了，他们就会骂骂咧咧地过来帮我，让我的节目能赶上直播。我说"谢谢"，他们又害羞又伴装生气地说："不要谢不要谢，你赶紧把你自己的事情做好，不要给我们添乱。"

典型的刀子嘴豆腐心的湖南媒体人。

家里人问我工作顺心吗，我说蛮好的，很想在这里待一辈子啊。

我离开第一个团队也很突然。某天做节目时，我站在机房，突然摸到自己的后脑勺有两大块凉凉的，才发现自己斑秃了。第二天我就买了一些药，并没有当回事，继续熬夜加班，乐此不疲。直到我发现自己左边的眉毛也开始脱落，上网一查，查到张仲景说王粲有病不治，落眉而亡，后来果真如此。我吓坏了，提交了辞呈，我对制片人说："我怕自己会死。"

制片人看着我很无语。

我回去休息了几个月，顺便考了一下研究生，如预想中的一样，失败了。以前的工作岗位早已有人顶替了。我想着干脆换一个环境工作，也换一种工作方式，于是加入了另一个频道的节目组。

这里与之前的节目组气氛完全不同，之前的节目组每个人都是E人（外向型人格），性格大大咧咧，说话极其直接，人人都显得有江湖义气。而新的节目组大家都是I人（内向型人格），说话小声，办公室安静，大家各干各的，你有什么问题的话，每个人也会认真帮你解决，解决完毕，你还来不及说一声"谢谢"，他们就已经坐回到自己的电脑前，不再搭理你。

这是一个慢热的集体，我不需要像以前那样和每个人主动问好，我只要认真把自己的事情干好就行。这是一个很有规矩的团队,大家互相尊重,久而久之,也就形成了默契。

我算是团队里年纪最小的,身上带着第一个团队培养出来的一丝张扬作风,居然也在团队里起到了不一样的作用。但凡需要和其他节目组争抢选题报道,制片人姐姐都会看向我,一副很为难的样子,意思是她也不想分配那么难的任务给我,但好像除了我,其他人很难去做。

我特能理解她的心情,也知道如果我拒绝,她肯定也会派其他人去,我不想让她为难,觉得我应该承担起节目组"一块砖"的角色。

慢慢地,我确实成了节目组的一块砖,大家有怪怪的选题都会找我去拍摄,我很开心,觉得自己在团队里越来越重要了,于是也产生了一种"如果这里一直需要我,我就能一直干下去"的念头。

当时节目主持人还有一个脱口秀的环节,平时都是制片人写稿,后来她交给我来试写,那是我第一次接触脱口秀,这也为之后去北京的工作打下了基础,不过这是后话。

就在一切都很顺利的时候,我和组里一个前辈发生了争执。

这个前辈做事总是推脱,就算是他错了也不承担责任,我去找制片人评理。

年纪尚轻的我说出了一句:"我不喜欢他,有他没我,有我没他。"

就是这句话，把我逼上了一条不能回头的路。毕竟我是个新人，而那位前辈在团队中工作了好多年，大家早已有了信任和默契。我非常没有自知之明地拿自己的一腔热情去碰撞别人的死心塌地，最终的结果不如我所愿。制片人让我忍一忍，我觉得这是对他变相的保护。

大概是那时我在爱情关系里一直未能得偿所愿，也印证了一句话——一旦你产生"忍一忍就能解决一件事情"这种念头的时候，这段关系就开始进入了倒计时。

所以我不信忍一忍就能海阔天空，果然到后期，这种情绪被我越放越大，我决定换个环境，选择了北漂。

到了北京，很顺利地进入光线，我的工作方式都是湖南媒体人的那一套，就是不太讲规矩，觉得怎么好玩怎么来，怎么有趣怎么来，光线的同事就会斜着眼睛看我，意思是："你可不可以懂点规矩？"

好在那时湖南电视台如日中天，只要你说你是湖南台出来的，大家就会高看你一眼，这种"高看你一眼"其实就是和你保持一定的距离，看看你到底几斤几两。我在光线工作了半年之后，觉得自己没有受到重视，立刻就跳槽了，去了另外一个全国性日播的娱乐新闻节目台。

那年我二十五岁，对方给我的职务是节目主编。

我入职的第一天组织所有人开会，全组二十几个人，年纪都比我大，开会的时候，还有记者蹲在椅子上抽烟。我能从他们的目光里看出来，他们眼里根本就没有我这个人，甚至我都知道，他们也用这样的方式把上一任主编赶走了。

这是我待的第三个团队，是我自己带的第一个团队。

在会上，我问了大家几个问题，发现我要改变制度是没有任何可能性的。开完会后，我觉得自己在这里撑不了多久，心想那就尽量熬久一点吧，能多拿一个月工资就多拿一个月吧，不然下个月房租都交不上。

我采用了最愚蠢的方法开始工作。我每天早上九点到公司，等每个记者来和我报选题，然后帮记者列出详细的采访提纲和拍摄计划。等记者陆续拍摄回来，我和每个记者聊他们拍摄到的内容，以及如何写这条新闻，再交由配音员配音。记者们在制作新闻时，我就自己开始写主持人的台本，然后盯着主持人录制，告诉他每一条新闻的内容。录完主持人的部分，我再回来审核每位记者的新闻，交给后期包装。这一切全部忙完，大都是次日凌晨三四点。

我租的房子就在公司附近，回家休息几小时，一早继续。

这种工作方式让那些不喜欢我的同事有了很大的安全感，他们知道就算他们没有任何想法，我也能给他们一份提纲，甚至他们时间不够的时候，我会帮他们把稿子写完。

也因为我这样的工作方式，一下就把长达几年总是不顺畅的工作流程理顺了，收视率也慢慢提高。后来大家慢慢地熟悉起来,晚上下班后,大家也会等我一起吃个夜宵。

一位女记者对我说:"一开始我觉得你就是一个小屁孩,什么都不懂。现在我觉得如果不是你,我们的节目肯定不会像现在这样顺畅。我在这里三年了,从来没有过这种安全感。"

我对他们说:"本来我觉得我待一个月可能就要离开,觉得你们根本就是乌合之众嘛。没想到你们其实都很认真,也能看到我的认真,所以我很庆幸自己带领的第一个团队是你们。"

我把这些细节都记录了下来,写的时候,我觉得自己是北漂里最幸运的人。

虽然团队团结,但是公司内耗得厉害,恰好光线的前领导看了我制作的节目,希望我能回去管理另一档同类型的娱乐新闻节目。我想了想,如果要走得更长久,还是需要在一个更好的环境成长才行。于是我跟同事说:"光线希望我回去,也提供不错的待遇,大家愿意的都可以一起过来。"

然后大家又都在光线聚齐了,度过了一段特别有成就感的日子。

就在这个节目慢慢走上正轨时,公司希望我去做一档访谈类的节目。我毫无经验,但公司觉得我没有问题,那时我也不过二十六岁,想着有机会就试一试。于是我就把娱乐新闻节目交给其他人,让大家好好干,不要丢人。我说我也会好好干的，不会丢他们的人。

我与这个团队的感情暂告一个段落，当时并未觉得失落，只是觉得人生路上，能共走一段就很好，能相互看到彼此变得更好就很好，但终归每个人还是要走上属于自己的那条路。

后来我做新的日播访谈节目一做就是七年，这个节目的团队是我带领过时间最长的，我也和团队里所有同事处成了亲人的样子。我记得有一年的公司年会上，我们拿到了最佳节目的奖项，我说："我们不是因为这个节目才走在一起，我们是为了要在一起，才做这个节目。"部门所有的同事都在台上泪流满面。现在想起那个场景，觉得年轻真好啊，轻易就能相信很多事情。这句话并非嘲讽，而是觉得能全身心投入到一件事情里是奢侈的，它不仅需要一个人真挚的信念，还需要一群人毫不保留的相互扶持。

那时我最期待的事情就是年前放假，我坐上绿皮火车回湖南。躺在卧铺上，我开始给每位同事写很长很长的短信，回想这一年发生的事情，对方让我印象深刻的细节，是鼓励也是提醒，是总结也是继续。我希望这样的工作能持续一辈子就好了。后来随着光线整体业务转向，电视节目部关闭了，全体转向电影制作。

对电影感兴趣又愿意从头学习的同事留了下来。想继续做电视节目的同事选择离职，去了其他公司。然后大家就散了。

从"想一辈子待在这里",到"我想去更远的地方看看",再到"不可能所有人的人生目标都是一致的",人生里所有盛大的相聚最终都会分崩离析,你唯一能做的就是主动去选择,而不是被迫被放弃。

拥抱是真的,像家人是真的,想一辈子不离不弃是真的,而世间事绝不会如你所料也是真的。

我现在,不再用以前的方式和任何人相处了。

哪怕我偶尔希望和有些人更亲密,偶尔会吃某个朋友的醋,但我不再表现出来,也不想为此去争取什么。

你把自己世界里的鼓风机一关,那些人与事自然全都落在地上,被随后的大雨冲进下水道。

我要恭喜你,你学会了不再消耗自己过多的情感。我也要拥抱你,告诉你其实这个世界上很多人和你想的一样。

就让我们远远隔街相望,举杯示意,庆祝青春的余烬还残留着一丝温暖。

# 风平浪静后，一起游往大海深处

这些年我时常会想：人在活着的岁月中，到底是一个怎样的行进状态？是愈发强大，还是愈发无力对抗而随波逐流？是逐年枯萎，还是怀揣某个念想持续等待某个未知的到来？

年岁的增长并没有给我带来更明确的答案，反而是在乎和计较的事情变多之后，内心持续泛起波澜。如何让自己心静呢？我换了很多方法，我笨拙的样子就像在奔波中尽力去端平一碗水，不让它洒出来，最后却弄得满身水渍。

我花了大量的时间去学习端平一碗水，恨自己反应不够机敏，平衡感不够好，总是把水溅满全身。

全然忘记了只要站定，停住，那水就平静了。

心无挂碍，便有所得。

放弃所得，就是自在。

其实我也是勇敢过的。现在想起来,二十四岁的我曾经做过一个决定,拯救了我那时几近垮塌的人生。可惜的是,直到最近我才意识到那时的果敢。

大学毕业后,我以第一名的成绩考入湖南电视台,成为一名电视工作者,获得了不少赞赏。

但因为大学学的是中文,专业并不对口,所以也就拼上了一切去弥补自己的不足。

将近大半年,我每天的工作时间超过十五个小时,也很快成为能独当一面的记者。就是在那时,我头发出现了多处斑秃,连眉毛也开始脱落,变得稀疏。

我当时的选择只有两个:辞职或继续。

辞职就意味着,我将放弃大学四年通过努力换来的工作,脱离自己建立的人际网,要不停地解释自己辞职的原因……

而继续就意味着,我要用自己的健康与前途相交换。

这是一个很重要的决定,我没有告诉家人,辞了职就躲在家里准备考研。

一方面是为了恢复自己的睡眠质量和时间,另一方面是不必再出去见任何人,落得清净。

那几个月,卧室的窗帘一拉上,一个完整的世界就建立了。

像舔舐伤口的小兽,也像是蜕壳蛰伏的幼虫,在那样的环境里,没有利弊,没有得失,就安安静静地看书,背诵,纵使一头雾水,却也能刻在心里。

领导问:"你放弃了现在的工作,就是为了考研?万一考不上呢?"

我说:"我是为了恢复身体才放弃工作的,考研只是我打发时间做的事情而已,考不上也没事,但我总要在一段时间给自己一个目标。"

以前的朋友们来看我,惊讶我怎么能忍受住在终日没有阳光的民居一楼,潮湿且昏暗。

考试发挥得不尽如人意,好在头发也在备考的过程中渐渐长回来了。

第二天醒来,心里空荡荡的,立刻爬起来开始写自己的简历,投了出去。

那段时间,远离人群,疏离关系,两耳不闻窗外事,也不去想可能会遭遇的失败。把自己当成一颗雨花石泡在水里,不仅改良了水质,也让自己的状态逐日温润起来。

回归职场后,狂奔十几年,遇见的烦心事、烦心人不计其数,自己在很大程度上也成为别人眼里同样的映衬。一方面和人比谁受的伤更重,吃的亏更多,另一方面和人比谁伤口愈合得更快,身上的疤痕更多。

在书上看过一个说法,说纵使人穿着脚蹼,在海里也追不上看起来划行迟缓的海龟。

观察之后才发现，原来海龟游泳的方式完全遵循海水的运动规律。当海浪涌往岸边，与海龟行进的方向相反时，海龟会浮起来划水，但目的只是让自己停留在原地。而当海浪向海洋的方向涌起时，它会加快划水速度，这样就可以乘着海浪前进了。

《世界尽头的咖啡馆》这本书中写道："海龟从不与海浪相争，而是巧妙利用海浪的力量。我之所以无法追上它，就是因为我不顾海水的方向，自始至终都在划水。一开始，我还能和海龟并驾齐驱，有时候还得放慢速度等等它。但是在反方向的海浪中，我越是用力向前游，就越是感到疲惫。"

所以这些年，我越努力越觉得疲惫，外在躯体无力对抗这大风大浪，内在心灵又布满了太多的藤壶而成为远行的负担和累赘。

这不仅是我，也是很多人会进入的人生误区，总觉得如果自己不对抗浪潮，就会被淹没，但其实只要用一点点的力量，让自己还能喘息一口气就足矣。

不如等浪潮涌往你想去的方向，等一切风平浪静，当你能看得清楚去路时，再做决定也不迟。

那时再一起游往大海深处。

© 中南博集天卷文化传媒有限公司。本书版权受法律保护。未经权利人许可，任何人不得以任何方式使用本书包括正文、插图、封面、版式等任何部分内容，违者将受到法律制裁。

**图书在版编目（CIP）数据**

等一切风平浪静 / 刘同著 . -- 长沙：湖南文艺出版社，2024.6
ISBN 978-7-5726-1863-5

Ⅰ . ①等… Ⅱ . ①刘… Ⅲ . ①随笔—作品集—中国—当代 Ⅳ . ① I267.1

中国国家版本馆 CIP 数据核字（2024）第 105588 号

上架建议：畅销·文学

DENG YIQIE FENGPING-LANGJING
**等一切风平浪静**

著　　　者：刘　同
出 版 人：陈新文
责任编辑：欧阳臻莹
监　　　制：张微微
特约监制：北　宜　郑苏欣
策划编辑：李　乐　阿　梨
特约编辑：张晓虹
营销编辑：罗　洋　霍　静　王　睿
装帧设计：梁秋晨
内封设计：热烈视觉
封面摄影：Sunley
出　　版：湖南文艺出版社
　　　　　（长沙市雨花区东二环一段 508 号　邮编：410014）
网　　址：www.hnwy.net
印　　刷：三河市鑫金马印装有限公司
经　　销：新华书店
开　　本：815 mm×1120 mm　1/32
字　　数：177 千字
印　　张：9.25
版　　次：2024 年 6 月第 1 版
印　　次：2024 年 6 月第 1 次印刷
书　　号：ISBN 978-7-5726-1863-5
定　　价：52.00 元

若有质量问题，请致电质量监督电话：010-59096394
团购电话：010-59320018